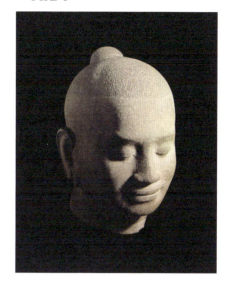

因为微笑，文明不会消失

——蒋勋

Angkor

The Beauty of

吴哥之美

蒋 勋

CNS 湖南美术出版社

博集天卷 CS·BOOKY

全 国 百 佳 图 书 出 版 单 位

目录 CONTENTS

微笑

记忆

《吴哥之美》是八九年前我在吴哥窟陆续写给怀民的信，2004年集结成册出版，2010年左右绝版了。这几年在吴哥当地，到处有盗版，印刷差一点，由当地小孩拿着在庙前兜售，用不标准的发音说："*Chiang Hsun*, *five dollar*。"同行朋友都笑说："本尊来了，还卖盗版。"也有人跟孩子指着我说："*Chiang Hsun*。"孩子都不相信。

　　我没有那么在意盗版，大陆许多盗版品质更差，也管不到。吴哥的孩子穷困，可以借此赚一点钱，也是好事吧。我自己每次被孩子围绕，也买几本，算是结缘。

　　重新整理这些旧信，没有想到，竟然与一个地方有如此深的缘分。回想起来，从1999年开始，不知不觉，已经去了吴哥窟十四次了。

　　或许，不只是十四次吧，不只是此生此世肉身的缘分。许多缭乱模糊不可解不可思议的缘分牵连，仿佛可以追溯到更久远广大的记忆。

　　大学读史学，程光裕先生开东南亚史。程先生不擅教书，一节课坐着念书，不看学生。从头到尾，照本宣科，把自己写的一本东南亚史念完。

　　课很无趣，但是书里的那些地名人名，感觉很陌生又很熟悉：扶南、占婆、暹罗、真腊、阇耶跋摩、甘孛智……

　　"甘孛智"是明代翻译的*Camboja*，万历年以后就译为今日通用的

"柬埔寨"。

帝国意识愈强，对异族异文化愈容易流露出轻蔑贬损。日久用惯了，可能也感觉不到"寨"这个汉字有"部落"、"草寇"的歧视含义了。

唐代还没有柬埔寨这个名称，是从种族的*Khmer*翻译成"吉蔑"而来。"蔑"这个汉译也无尊敬之意。现在通用的"高棉"同样是从*Khmer*翻译而来，但已看不出褒贬了。

我读东南亚史，常常想到青年时喜欢去的台湾原住民部落，台东南王一带的卑南，兰屿的达悟，屏东山区的布农或排湾。他们是部落，没有发展成帝国，或者连"国"的概念也没有。一个简单的族群，传统的生产方式，单纯的人际伦理，没有向外扩张的野心，没有太严重残酷的战争。人与自然和谐相处，在美丽的自然里看山看海，很容易满足。生活的温饱不难，不用花太多时间为生活烦恼，可以多出很多时间唱歌跳舞。一年里有许多敬神敬天的祭典，祭典中人人都唱歌跳舞，部落里眼睛亮亮的孩子都能唱好听的歌，围成圆圈在部落广场跳舞。妇人用简单的工具纺织，抽出苎麻纤维，用植物汁液的红、黄、绿，漂染成鲜艳的色彩，编结出美丽图纹的织品。男子在木板石板上雕刻，都比受专业美术训练的艺术家的作品更让人感动。

"专业"是什么？"专业"使人迷失了吗？迷失在自我张扬的虚夸里，迷失在矫情的论述中。"专业"变成了种种借口，使艺术家回不到"人"的原点。

卑南一个小小部落走出来多少优秀的歌手，他们大多没有受所谓"专业"的训练。除了那些知名的优秀歌手，如果到了南王，才发现，一个村口的老妇人，一个树下玩耍的孩子，一个乡公所的办事员，开口都有如此美丽的歌声。

生活美好丰富，不会缺乏歌声吧？

生活焦虑贫乏，歌声就逐渐消失。发声的器官用来咒骂，声嘶力竭，喉咙更趋于粗糙僵硬，不能唱歌了。

我读东南亚史的时候，没有想到台湾——作为西太平洋中的一个岛屿，与东南亚有任何关系。

在夸张大中国的威权时代长大，很难反省一个单纯部落在帝国边缘受到的歧视与伤害吧。

那时候没有"原住民"的称呼，班上来自部落的同学叫"山地人"或"蕃仔"。

"南蛮""北狄""东夷""西戎"，一向自居天下之中的华族，很难认真尊重认识自己周边认真生活的"蕃人"吧。"蕃"有如此美丽的歌声、舞蹈、绘画和雕刻，"蕃"是创造了多么优秀文化的族群啊！

一位伟大的 旅行者

那一学期东南亚史的课，知道了元朝周达观在13世纪一部记录柬埔寨的重要著作——《真腊风土记》。

"真腊"就是吴哥王朝所在地*Siam Reap*的译名，现在去吴哥窟旅行，到达的城市就是"暹粒"。时代不同，音译也不同，"真腊"还留着*Siam Reap*的古音。

元代成宗铁穆耳可汗，在元贞元年（1295）派遣了周达观带领使节团出访今天的柬埔寨。周达观在成宗大德元年（1297）回到中国。路途上耗去大约一年，加起来，前后一共三年，对当时的真腊做了现场最真实的观察记录，从生活到饮食、建筑、风俗、服饰、婚嫁、宗教、政治、生产、气候、舟车……无一不细细描述，像一部最真实的纪录片。此书8500字，分成40则分类，为全面详尽展现13世纪的柬埔寨历史的百科全书。

我读这本书时还不知道，周达观七百年前去过、看过的地方，此后我也将要一去再去、一看再看。

真腊王朝强盛数百年，周达观写了《真腊风土记》之后，一百多年，到了1431年，王朝被新崛起的暹罗族灭亡。真腊南迁到金边建都，故都吴哥因此荒废，在历史中湮灭。宏伟建筑被丛林覆盖，高墙倾颓，瓦砾遍地，荒烟蔓草，逐渐被世人遗忘。

数百年后，没有人知道曾经有过真腊辉煌的吴哥王朝，但是，历史上留着一本书——《真腊风土记》。这本书收录在《四库全书》中，被认为是翔实的地方志，但是只关心考试做官的民族，对广阔的世界已经没有实证的好奇了。

这本被汉文化遗忘的书，却被正在崛起、在世界各个角落航海、发现新世界的欧洲人看到了。法国雷穆沙在*1819年*翻译了法文本《真腊风土记》。它令法国人大为吃惊，他们相信，周达观如此翔实记录的地方，不可能是虚构。他们相信，世界上一定有一个地方叫真腊（*Siam Reap*）。*1860年*，法国生物学家亨利·穆奥就依凭这本书，在丛林间发现沉埋了四百多年的吴哥王朝。

1902年，去过敦煌的汉学家伯希和重新以现场实地考证，校注法文版《真腊风土记》。*1936年*第二次世界大战前，日文版《真腊风土记》出版，日本已经开始觊觎东南亚，准备帝国的军事扩张。

1967年，英文版《真腊风土记》问世。*1971年*，柬埔寨刚刚脱离法国殖民地不久，没有自己国家的历史文献，李添丁先生就将周达观的翔实历史从中文又翻译成柬埔寨文。

"国可亡，史不可亡——"《四库全书》认为元史没有《真腊传》，周达观的《真腊风土记》可以补元史之缺。现在看来，13世纪吴哥的历史文明，柬埔寨自己也没有留下文献，只有周达观做了最翔实的现场记录。

高棉内战结束，世界各地游客涌入吴哥窟，*2001年*就有了新的英译本，*2006年*又有了新的德译本。全世界游客到吴哥，人人手中都有一本周达观的书。一位13世纪的探险家，一位伟大的旅行者，一位报道文学的开创者，他的书被自己的民族忽视，却受到全世界的重视。

一座冥想静定的 佛头石雕

法国殖民柬埔寨90年，陆续搬走了吴哥窟精美的文物。1972年我去了巴黎，在居美东方美术馆看到动人的吴哥石雕：有巨大完整的石桥护栏神像雕刻，有斑蒂丝蕾玫瑰石精细的门楣装饰，最难得的是几件阇耶跋摩七世和皇后极安静的闭目沉思石雕。

　　居美在离埃菲尔铁塔不远处，附近有电影图书馆，有现代美术馆，是我最常去的地方。每走到附近，那一尊闭目冥想的面容就仿佛在呼唤我。我一次一次绕进去，坐在它对面，试着闭目静坐，试着像它一样安详静定，没有非分之想。

　　"须陀洹名为入流，而无所入，不入色、声、香、味、触、法，是名须陀洹。"这样垂眉敛目，是它可以超离眼、耳、鼻、舌、身、意的感官激动了吗？我静坐着，好像它在教我学习念诵《金刚经》。

　　有一次静坐，不知道时间多久，张开眼睛，一个法国妇人坐在旁边地上，看我，点头微笑，好像从一个梦里醒来，她说："我先生以前在柬埔寨。"

　　她在这尊像前跟我说："法国怎么能殖民有这样文明的地方？"

　　20世纪70年代，法国在东南亚的殖民地陆续独立。柬埔寨、越南，殖民的统治者一走，那些初独立的国家就都陷入残酷内战。美国支持朗诺将军，西哈努克国王逃亡北京求庇护，波尔布特政府开始残酷屠杀，数百万人被以各种方式虐杀。如今金边还留着博物馆，留着人对待人最残酷的行为，比动物更粗暴，不忍卒睹。

许多欧洲的知识分子工程师遭屠杀，他们正在对抗法国殖民者，帮助当地人民认识自己的文化。他们组织青年，带领他们修复古迹，把一块一块石砖拆卸下来，重新编号，准备复建吴哥盛时的国庙巴芳寺。

"我的先生学中世纪艺术，60年代派去吴哥窟协助修复巴芳寺……"

我不忍问下去了。在巴黎有太多同学来自越南、老挝、柬埔寨独立前后的战乱地区，他们谈到母亲因为歌唱被拔舌而死，或者画家父亲受酷刑——截断关节的故事，重复多次，甚至没有激动，仿佛叙述他人的生老病死。

"不入色声香味触法。"我心中还是剧痛。

法国妇人眼中有泪，我不敢看，我看着改信大乘佛教的阇耶跋摩七世头像，仍然闭目冥想，眉宇间忧愁悲悯，嘴角微笑。它当然读过《金刚经》。"灭度一切众生已，而无有一众生实灭度者。"每日念诵，而我仍然不彻底懂得的句子，在这尊像的静定中，我似懂非懂。不可以有灭度之心吗？在最残酷的屠杀前也没有惊叫痛苦吗？

这尊石雕陪伴我四年，忧伤迷失的时刻，我都到它面前。我不知道：我与它的缘分，或许已有前世因果，或许也还只是开始而已。

读了周达观的《真腊风土记》，在巴黎看了很多吴哥的雕刻，我以为缘分也仅止于此。因为长期内战，种种屠杀骇人听闻，也从来没有想过有机会实际到吴哥去走一趟。

我们对缘分的认识也还是浅薄。那尊雕像闭目冥想沉思，是不是因为不看肉眼所见，不执着肉眼所见，反而有天眼、慧眼的开阔，也才有法眼、佛眼的静定宽容？

4

一个教跳舞的人

1999年3月，柬埔寨内战稍稍平静，国际非政府的救援组织开始关注这一饱受炮火蹂躏摧残的地区。有一天，怀民接到一封信，荷兰外交部所属的"跨文化社会心理组织"一名负责人在欧洲看过云门的"流浪者之歌"，他相信一个述说佛陀故事的东方编舞者，或许可以在战后的柬埔寨参与儿童心理复健的工作。

　　这个机构和联合国世界卫生组织合作，帮助柬埔寨的战后儿童心理治疗复健。内战结束，许多战争孤儿在战乱中饱受惊吓，他们像不断被施暴虐待的动物，缩在墙脚，恐惧别人靠近，恐惧触摸，恐惧依靠，恐惧拥抱。

　　怀民接受了这个邀请，在金边一个叫雀普曼的中下层居民混居的社区住了三星期，带青年义工整理传统舞蹈。

　　传统舞蹈从小要练习肢体柔软，印度教系统的肢体，数千年来仿佛在阐述水的涟漪荡漾，仿佛一直用纤细柔软的手指诉说着一朵朵花，慢慢从含苞到绽放。吴哥窟的墙壁上，每一个女神都在翩翩起舞。上身赤裸，腰肢纤细，她们的手指就像一片一片的花瓣展放。整个印度到东南亚洲，舞者都能让手指向外弯曲，仿佛没有骨节，曼妙妖娆。女神常常捏着食指、大拇指，做成花的蓓蕾形状，放在下腹肚脐处，表示生命的起源。其他三根手指展开，向外弯曲，就是花瓣向外翻卷，花开放到极盛。然而，手指也向下弯垂，是花的凋谢枯萎。东方肢体里的手指婀娜之美，也是生命告白。生老病死，成住坏空，每一根手指的柔软，都诉说着生命的领悟，传递着生命的信仰。

一些青年义工学习压腿，撇手指，手肘外弯，让肢体关节柔软。柔软是智慧，能柔软就有包容，能柔软就有慈悲。这些青年学习结束，分散到内战后的各处村落，带领孩子跳舞，带领饱受惊吓的战后儿童放松自己的身体，可以相信柔软的力量，可以从恐惧里升起如莲花初放一样的微笑，可以手舞足蹈。

我坐在地上看他们舞蹈，看他们微笑，那是阇耶跋摩七世曾经有过的静定的笑容，在吴哥城门的每一个角落，在巴扬寺每一座高高的尖塔上，在每一个清晨，被一道一道初起的曙光照亮。一百多个微笑的面容，一个一个亮起来，使每一个清晨都如此美丽安静。

那些微笑是看过屠杀的，15世纪的大屠杀，20世纪的大屠杀，它都看过，它还是微笑着，使人觉得那微笑里都是泪水。

怀民跟孩子一起上课，不是教跳舞，是在一个木柱架高的简陋木头房子里教儿童静坐，教他们呼吸，把气息放慢。紧张恐惧的孩子，慢慢安静下来了，感觉到自己的身体，感觉到清晨的阳光在皮肤上的温度，感觉到树上的鸟的鸣叫，感觉到旁边同伴徐徐的呼吸，感觉到空气里花的香味，感觉到渐渐热起来的手指、关节、肺腑，渐渐热起来的眼眶。

我也学他们静坐，看到他们脸上被阳光照亮的微笑，是一尊一尊阇耶跋摩七世的微笑。那个在一生中不断设立学校、医院的国王，留下来的不是帝国，而是他如此美丽的微笑。

金边的计划结束，我们去了吴哥，那是第一次到吴哥窟。许多地雷还没有清除完毕，游客被限制走在红线牵引的安全范围。每到一个寺庙神殿废墟，蜂拥而来上百名难民，他们都是乡下农民，因误触地雷，断手缺足，脸上大片烧灼伤疤，没有眼瞳的空洞眼眶看着游客，张口乞讨……

向往伟大艺术的游客，在文明的废墟里被现实如地狱的惨状惊吓……

美的意义何在？文明的意义何在？人存活的意义何在？

"斯陀含名一往来，而实无往来，是名斯陀含。"

看到废墟角落默默流泪的受伤的游客，能够安静我的仍然是《金刚经》的句子。

我一次一次去到废墟现场，独自一人，或带着朋友，学习可以对前来乞讨的残障者合十敬拜，学习跟一个受伤或被触怒的游客微笑，学习带领朋友清晨守候在巴扬寺，每个人一个角落，不言不语，静待树林高处初日阳光一线一线照亮高塔上一面一面的微笑。我看到每一个朋友脸上的微笑，我知道自己也一定有了这样的微笑。

这本书是写给怀民的信，也纪念他14年前3月7日至27日在柬埔寨为儿童所做的工作。

2013年3月8日即将春分

蒋勋于八里米仓村

老师的 声音

林青霞

认识蒋勋是先认识他的声音。朋友送了由他导读的《红楼梦》的碟片给我，我听得入了迷，心想怎么会有那么好听的声音？《红楼梦》这本家喻户晓的古典文学名著，透过他那抑扬顿挫、醇厚而富有磁性的声音，把我带入了曹雪芹浩瀚的文学世界。总喜欢在夜阑人静的时候听他娓娓诉说大观园里的人、事、情。经过蒋勋的诠释和解析，《红楼梦》变得立体了，仿佛自己曾在大观园里待过，跟书里的人物似曾相识。听《红楼梦》能引我入梦，经常在半梦半醒间，房里还缭绕着蒋勋的声音，有时竟然梦里也有红楼梦。

后来听说蒋勋星期五在台北开讲《红楼梦》，我趁回台探望父亲的时候一定去听他的课。第一天上课，带了一张我曾经饰演过贾宝玉的《金玉良缘红楼梦》碟片，放在柜台转交给他，就坐在右后方不起眼的地方。那是在衡阳街一家书店的二楼，窗外可以看到总统府。蒋老师不急不徐地走到窗前坐下，优雅而有书卷味。那天讲的是宝玉的丫头晴雯：

宝玉听了晴雯喜欢撕扇子，便笑着把手上的扇子递与她，晴雯果然接过来撕得嗤嗤响，二人都大笑，宝玉笑道："古人云：'千金难买一笑'，几把扇子能值几何！"……

晴雯心比天高风流灵巧招人怨，终究落得被赶出贾府。宝玉去看她，她病里将左手上两根葱管一般的指甲齐根铰下交给宝玉，并将自己贴身穿着的一件旧红绫袄脱下，和宝玉的袄儿交换穿上……

听得我如醉如痴，两小时很快就过去了。老师合上书本，我还意犹未尽，并因为过了一个有意义的下午而感到幸福。

知道蒋老师要以更文学的质感，重新出版《吴哥之美》。我到书架找出这本书，扉页上有老师的签名，日期是2005年12月30日。是的，我是在2005年认识他的。因为太喜欢听他讲课，之后才又参加他带领的文化旅行到吴哥窟。我带的唯一一本书就是《吴哥之美》。晚上读它，白天读它。一行二十人跟着他的脚步走遍吴哥窟，吴哥窟里几乎每个地方都留下了老师的声音。

我们每天流连在吴哥古城的废墟里，想象它曾经拥有的辉煌岁月和感叹如今的断壁残垣；跟着老师浏览吴哥寺回廊的260多米的长浮雕，听他叙述刻在上面的神话故事，以虔诚朝圣的心情，爬上许多通往寺庙又高又陡的千年巨石阶梯。最让我赞欢的是，阇耶跋摩七世晚年为自己建造的陵寝寺院巴扬寺，49座尖塔上一百多个大佛头，随着一道道黎明曙光的照射，一尊跟着一尊闪出慈悲静谧的微笑，那个微笑就是高棉的微笑。老师说《金刚经》的经文最不易解，但巴扬寺的微笑像一部《金刚经》。黄昏时候，我们坐在高高的古寺石台上，看着太阳还没隐去、月亮已经出现了的苍茫暮色。蒋勋带领的吴哥文化之旅，除了观赏古迹遗址，同时也是一种修行，是心灵的洗涤、是智慧的旅程，吴哥之旅因为有了他的导览而显得圆满。

听了蒋勋的有声书八年，跟他学了些对美的鉴赏和文学写作知识，他的声音能安定我的心，仿佛跟他很熟悉，其实见面并不多。很欣赏他进退应对的从容淡定，据他说是受母亲的影响。他经常穿着棉质衣服，脚踩一双休闲鞋，颈上围着一条红围巾，举措之间颇有禅味。听说他经常吟《金刚经》和打坐。我书房里有一幅他打坐45分钟后书写的墨宝"潮来潮去 白云还在 青山一角"，藏青和浅金装裱，清贵而有气质，字体很有弘一法师的风格。

有一次好奇地问他，为什么讲了几小时的课，声音还是那么清脆，一点也不沙哑？他说他曾经学过声乐。老师说出来的声音好听，没有说出来的声音也好听，那是他的心声。在《吴哥之美》一书中，他以书信的方式，文学的笔触，介绍吴哥的美，也让我们听到他的心声："吴哥窟我一去再去，我想在那里寻找什么？我只是想证明曾经优秀过的文明不会消失吗？而我们的文明呢？会被以后的人纪念吗？或者，我们只有生存，还没有创造文明？吴哥窟是使我思考自己最多的地方。"

幻化之中，美所度脱

很多年前决定去吴哥窟，可能是魅惑于王家卫电影《花样年华》的结尾：梁朝伟对着吴哥的一个石洞，讲他不与别人说的心事，并且将其永远封存；也可能因为我的朋友黎焕雄去了吴哥之后，送我一册非常动人的吴哥摄影集；又或许，我渴望逃避到一个充满废墟气息的地方，想把自己死的心弃掷在我想象中一片废墟如象冢般的吴哥——是啊，那时我觉得自己像一只待死的象，思维迟疑，步履维艰。

　　在那之前，是我生命中一个非常非常难熬的心灵的冬季，我无法忍受缘起缘灭，以为一切俱灭而空吧。

　　去吴哥之前，我到一家理容院，坐上座位，说我想要剃光头。

　　年轻的发型设计师用悲悯的眼神看着我，仿佛以一种很古老、老至洪荒即存的温柔，洞悉我。她不肯为我剃光头，但她谨慎有礼地向我说明，我的头型剃光头并不适宜云云。带着一种自弃的执拗，我继续坚持。最后，这位我并不相识的年轻女子，用一种感同身受的音调向我说："你有什么伤心的事吗？"

　　"你有什么伤心的事吗？"这句话让我对一位陌生人掉下眼泪。

　　最后，这位年轻的女子帮我剪了一个三分头。

　　退伍之后，从没留过如此短发的我，以一种决绝而自弃的心，去了吴哥。

　　大小吴哥城、城东、城北……一个又一个所在，我慢慢地逛、去看，凭借着手头少数的信息，我在吴哥窟感受一种废墟中奇谲的生命力。

　　虬结的树，从石缝中钻窜而出；阳光照着一张又一张石雕的脸，微笑的脸。

　　通常是因为国王自恋而有的雕像，但又隐隐的仿佛完全自在而露出微笑，想要去安慰众生的佛的脸啊！

是痴迷众生之一的国王？还是觉悟的佛？

印度教、佛教交叠竞夺、拼贴而成的一个又一个遗址。

那些教人目眩神迷、忍不住赞叹的遗址。

不是已然成了废墟吗？为什么又给了我那么不凡的鼓舞？

生住异灭，成住坏空。

有一天，行走在大吴哥城的城上通道，我坐在废墟之上读*Dylan Thomas*的诗，阳光明亮无比，倏忽又隐而不见，只剩下微光。微光冉冉，瞬间又日照炽然。

如是往复，仿佛刹那日光，刹那月光，波动的心都在光中，日光与月光遍照。

我坐在废墟的高处，极目所及，仿佛泰国的大军来袭，和柬埔寨的士兵血战，刀枪箭矢如雨，藤甲盾牌蔽日，象群轰轰然欲裂地踏践而来，血流成河，尸积成山。争战过后，大瘟疫到来。

是因为瘟疫吗？一座设计既宏伟又精细的大城，就这样被遗弃、被遗忘了。

吴哥废墟，因为是石城，火不能烧，敌人也只能撤离，任凭时间缓慢地让一座空城，慢慢地掩埋在大海般的树林里，为人所遗忘。

这是我的幻觉吗？

抑或有一世，我正是吴哥城里雕佛的匠人？被征召入了行伍，也参与过一次血战？也杀过人？还是被人杀过？

佛说原来怨是亲。

在死亡之前，在时间之前，吴哥的诸多废墟宛若在讲说诸法因缘生、诸法因缘灭；又仿佛，在不可知的因缘流转里，往昔因缘难数清，亦难思议，所以怨、亲，也就平等了。

我留着极短的三分头，去了吴哥，发现心未死透，回到台湾。不多久，蒋勋老师的《吴哥之美》出版了。

在一个夜晚，我捧读《吴哥之美》，看着一处又一处我到过的所在，读着蒋老师既通透又多情的讲说，喟叹有之！

在那个夜晚，我以为《吴哥之美》是为孤独破败如我而写，是为了总结我的废墟之旅而写的。在那被时间掩埋而重新被发现的处所，蒋老师用美的角度，转作并度化了吴哥作为因缘和合、幻化而有之中所示现的苦难、变易与不堪。所有的苦难、变易与不堪，在一种接近空性的体会之中，可以喟叹，但也可以任由悲喜自生吧。

悲喜都会过去，真心打凿雕刻诸佛的工匠的真心，忽然现前。

我仿佛了解，自己所执着的人间情谊的关系之断裂，似乎没那么痛了，宛若吴哥，宛若红楼一梦，劫波过后、幻化之中，虬结的大树还是从石缝中生长出来，在死绝中复有生机。

《吴哥之美》遂变成了听我说不可为他人道之心事的吴哥石洞。

这么多年来，若有人问我，最喜欢蒋老师哪一本书，我都毫无迟疑地说：《吴哥之美》。

观诸法空，无所障碍。吴哥，正是说法者。

法，是宇宙万有，一个念头、一座废城亦复如是。

蒋老师是生生世世之慧而得如此观看之眼吧。

知道在废墟之中，有过生，有过死，有过繁华，有过人去城空。

可是空中，并非什么都没留下来，也非什么都没有。

空中万有。那些认真被创造出来的石城、石雕，那些认真凝视的眼神，交感互通而成为美吧。

美，救赎了早已成为废墟的吴哥。

蒋老师那么温柔而包容的言说，让当年读《吴哥之美》的我，以为这本书是对我一人而说。

过往尽成废墟，未来不可知悉，唯有当下教我们万般珍惜。

惜取而今现在，珍重万千；然而，就是当下也不能执取。

那个抄经度日的冬天，那个想要剃光头的时节过后，《吴哥之美》和吴哥遂一起成为我被救赎、度化的印记吧。

破晓微光照在石城、石雕、石雕上微笑的脸。

今新编《吴哥之美》增添了文字和图片，将以新貌面世，我仿佛看见那个年轻时的自己。

我站在时间之河的下游向他说：

去吴哥吧！晚一些，你会读到《吴哥之美》这本书，你会知道，幻化之中，因真心而成就的美之所度脱；你会明白，劫难之中，你的心可以很柔软。柔软的心啊，终将近乎于空，那时，就没什么可以损污伤害泯灭你了；那时，阳光就照亮巴扬寺石雕那微笑的脸了。

感动推荐

吴哥有情，蒋勋有学，交游有得。

——狄 龙

我记得童年时，部分家人曾侨居吴哥窟。看到父亲旅行吴哥窟的照片（约1955年），每张小小的相片里，都有很多石雕的巨脸，景色像童话的怪异世界，隐藏无数令人意想不到的故事。

2005年，我随蒋勋老师团队，带着复杂的心情造访吴哥窟，终于看到这个曾经傲视人类的皇朝，从神秘密林中，被人揭开充满历史痕迹的面貌。这个惊世的古国，从高度善良、极度浪漫的理想中静默淡出，百余年后在世人眼前再出现，带着过去的悲情，跟现代文明紧密接驳起来。

蒋老师对吴哥窟的介绍和迷人诠释，令无数慑人心灵的景点更充满生命。

那次一行，相隔两个星期后，我再度参加蒋老师另一个团队。再踏足吴哥窟，感受更深。至今，吴哥窟的日落、日出、佛节夜会、月色下巨大石雕的面相，记忆仍栩栩如生，上千僧人在森林诵经的鸣声犹在耳边。

吴哥窟的故事，劝告了我们，人类必须关注生命的尊严及宝贵意义。谢谢蒋老师带给我的体会及感受。

——徐 克

蒋勋和狄龙、徐克、施南生、陶敏明、林青霞（从右至左）在吴哥合影

第一部 大吴哥城

THE BEAUTY OF ANGKOR | Part 1

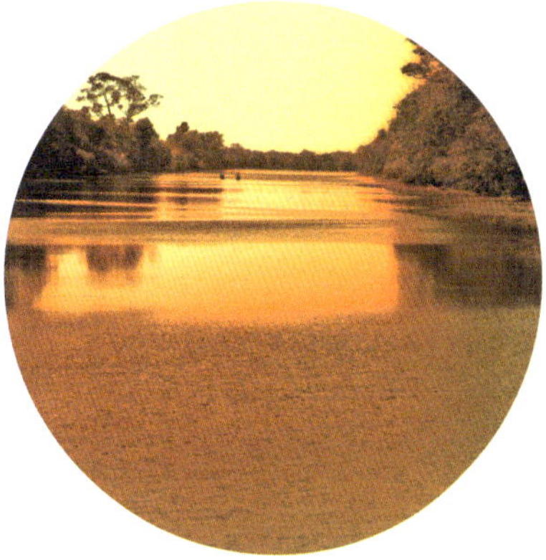

当一切的表情一一成为过去，
仿佛从污泥的池沼中升起一朵莲花，
那微笑成为城市高处唯一的表情，包容爱恨，超越生死，
通过漫长岁月，把笑容传递给后世。

CHAPTER 1

远眺繁华兴落，山丘上的国庙

巴肯山

印度教信仰中，宇宙的中心是须弥山，
一山一成为中心、稳定的象征
没有巴肯山的高度，或许我看不到
吴哥王朝原来是我静坐时短短的一个梦……

罗洛斯遗址（*Roluos*）是耶轮跋摩一世（*Yasovarman I*，在位889~908
【注】）之前真腊王国的旧都，位置在今天暹粒市（*Siam Reap*）东南方13
公里的地方。耶轮跋摩一世继承父祖在罗洛斯的经营，建王城，修筑水利工
程，最后却放弃了罗洛斯，选择偏西北的"吴哥"作为新的国都。

他为什么迁都？为什么选择了"吴哥"作为王朝的新都？

历史上似乎存留着许多不可解的谜。

今天吴哥窟留下好几代的建筑，著名的巴扬寺（*Bayon*）、吴哥寺
（*Angkor Wat*）都是一般游客观光的重点。但是，如果要追究耶轮跋摩一
世为何迁都的原因，也许应该攀登一次巴肯山（*Phnom Bakheng*）。

巴肯山在吴哥城（*Angkor Thom*）南门外，是一座并不高的孤立山
丘，但山势峭立陡峻，攀爬起来并不容易。

注：耶轮跋摩一世在位期间另有公元889~910年的说法。

巴肯山是自然的山丘，真腊王朝自从接受印度教之后，一直有对"山"的崇拜。旧都罗洛斯遗址是河流边的冲积平原，并没有山。耶轮跋摩一世的父亲因陀罗跋摩一世（*Indravarman I*，在位877～889）在罗洛斯旧都修建普力科寺（*Preah ko*）、巴孔寺（*Bakong*），甚至耶轮跋摩一世最后修建的洛雷寺（*Lolei*），都还没有从地景上选择突出的"山"的象征意义。

　　9世纪末，耶轮跋摩一世迁都吴哥，建了一座四公里见方的王城，并且选择了巴肯山作为国家寺庙的所在。依照山势，铺砌一层一层石阶，直通山顶。在山顶置放象征父系宗祠的男性生殖器石雕（*Linga*），在石碑上注明了建庙的纪年：西元907年。

　　比较耶轮跋摩一世893年在旧都修建的洛雷寺，和907年他在新都修建的巴肯寺，短短十几年间，真腊王朝的寺庙建筑，从罗洛斯遗址平面发展的风格，转变为向上做"山"的崇高峻伟追求，似乎不但是真腊王朝逐步朝气勃勃新兴的开始，从此强盛了两三百年，同时也正是吴哥建筑美学思考自我信仰风格的起点。

　　印度教信仰中，宇宙的中心是须弥山（*Meru*），须弥山上住着湿婆神，"山"成为中心、稳定的象征。

　　罗洛斯遗址的巴孔寺已经用寺塔的形式追寻"山"的象征，是在平面基地上，利用石阶及向上累建的坛，一层一层来完成"山"的意象。

　　巴肯寺修建在山丘上，是新都的另一座国家寺庙，也是吴哥王朝第一座借助自然的山丘形势来建庙的建筑。

山丘上的巴肯寺

考古学者发现了巴肯寺的外围长650米、宽436米的长方形壕沟，可以说明在罗洛斯旧都预防水患的壕沟水渠工程，也被移用到新的建筑形式中。事实上，如此高峻的山丘，寺庙在山顶，似乎可以不再需要护寺壕沟，但是，建筑形式的传统显然被保留了下来。

巴肯山脚下也发现了四座红砖建造的塔门，其中北门、东门、西门，有三条通道登上山顶，把整座山规范成一座寺庙。东门是日出的方位，应该是当年最主要的通道，至今还残留两座巨大的石狮雕刻，守护着庄严的国家寺庙入口。

罗洛斯遗址的寺庙大多还用砖造，而巴肯山的石阶、寺塔都已表现出成熟的石材雕刻与建筑风格。石阶和两侧石墙的砌造都非常精准，石狮的雕法浑厚大气。张口昂首远眺平野的狮子，一尊一尊，守护在石阶通道两侧，介于写实与抽象之间，精神昂扬奋发，好像见证着新迁都的国势蒸蒸日上。

巴肯山的高度有67米，其实是一座不高的山丘，山顶修建了寺庙。登上山顶，可以环视山脚下全部吴哥王朝最重要的建筑。

当初耶轮跋摩一世迁都到这里，登上山顶，四面还是一片未开发的丛林。他选择了此处作为帝都，此后两三百年，从巴肯山开始，吴哥王朝要在这片土地上一点一点织出锦绣。

Ming，我在落日苍茫里上山，觉得自己像是一座守护历史的石狮，安静蹲坐着，看眼前一片江山。

寺庙坛台分五层，底座的一层长76米，一层一层，逐步缩小，最上

安静蹲坐的石狮，守护在巴肯寺的石阶通道两侧

一层长47米，在自然的山丘上，仍然用建筑形式完成崇高的"山"的象征。底座坛台四周围绕44座砖塔，砖塔大大小小、疏疏密密，每一座塔也象征一座山，用来突显中央须弥山的永恒稳定。除了第一层坛台四周的44座砖塔以外，各层四周及通道两侧，也都布置了小小的石塔，总共有60座之多。

到了最高一层坛台上，围绕着中央寺塔，一共有108座小塔。108是印度教宇宙秩序的总和数字，以后也常被佛教沿用。

Ming，许多人在暮色渐渐黯淡下来的光线里静静坐着，好像一尊一尊剪影，都变成了守护神殿的石狮。他们好像本来就在这里，等游客陆续下山之后，他们便回来找到了自己原来的位置，一动不动，远眺自己永恒的时光国度。

向东的方向，可以俯瞰一条荒烟蔓草间的小路，曲曲折折，曾经是许

登上巴肯山，可以环视山脚下吴哥王朝最重要的建筑

多修行者上山前匍匐顶礼的道路。在道路中央有信徒建了亭子，供奉佛的足印。他们相信足印永远留在道路上，修行的漫长道路上都是一个接一个的信徒的足印。

向东南方向，可以看到华丽庄严的吴哥寺，方方正正的布局，是吴哥王朝鼎盛时期的国家寺庙，从这样的高度看下去，更是气象万千。

不知道907年在巴肯山上祀奉宗庙的耶轮跋摩一世，站在我今天的位置，看到落日苍茫，是否能够预知整整两百年以后，他的后代子孙要在那一片丛林间修建起世界上最大的寺庙建筑。不知道他是否能够预知，整整三百年后，那一片华丽的建筑又要被战争病疫包围，人民四散逃亡，热带迅速蔓延的雨林将一点一点吞食淹没掉所有的寺庙宫殿。

他是否又能看到一千年后，这片土地沦为外族的殖民地，法国殖民此地90年。刚刚独立不久，此地又起内战，沦为人间最残酷的屠场，人与人彼此以最酷虐的方式对待，尸横遍野，血流成河。

Ming，没有巴肯山的高度，或许我看不到吴哥王朝原来是我静坐时短短的一个梦。我是落日里发呆的一头石狮，看到夜色四合，看到繁华匆匆逝去，不发一语。

我默念《金刚经》的句子："实无众生得灭度者。"

CHAPTER 2

走在庄严的引道上，冥想文明

巴芳寺

帝国是会消逝的，繁华也时时在幻灭中，

但是，帝国在繁华时不容易有领悟。

走到巴芳寺，树下静坐片刻，会有少许憬悟的可能吗？

Ming，皇宫的意义是什么？

我今天在吴哥王朝昔日的皇宫附近漫步。我走到象台（*Terrace of the Elephants*），看到宽度达350米的宽阔平台，四周用巨石砌造，石头大多雕刻成象的造型，浑厚大气，可以看到一个文化昔日辉煌繁荣的盛世景象。平台前有极宽阔的广场，可以感觉到当年君王在象台上接见外宾，或检阅军队的气势。

象台是当年王朝政治权力的中心象征，虽然原来石台上木构造的建筑都已不见，还是不难从现有的尺度，感觉到昔日帝国强盛的程度。

Ming，帝国又是什么？

我们心目中的"国家"、"皇室"、"帝国"、"王朝"，在辞典上一定有具体而明确的注解吧！

但是我想质问的，好像又并不只是辞典上的解释。

我在昔日华丽而今日已成荒烟蔓草的地方漫步徘徊，我也许想知道的是"国家"、"帝国"、"王朝"如何形成、如何扩张，又如何巩固、如何延续。我更根本的问题可能是："帝国"的存在，对谁有意义？"国家"对人民的意义是什么？

　　我当然也在想，我今天居住的城市，我今天居住的岛屿，一千年后，有一个观光客走来，他在遗址废墟里会找到什么？他会对我今日生活的内容有好奇吗？他会景仰我们今日的生活吗？他当然对我们今日权力和财富的掠夺没有兴趣，他或许会在我们今日留下的建筑里徘徊，凝视一件我们今日的产品，思索我们的文化品质，而那件产品会是什么？

　　吴哥窟我一去再去，我想在那里寻找什么？我只是想证明曾经优秀过的文明不会消失吗？而我的文明呢？会被以后的人纪念吗？或者，我们只有生存，还没有创造文明？

　　Ming，吴哥窟是使我思考自己最多的地方。

　　定都在吴哥的真腊王朝，君权与神权合一，每一位君王，事实上，也就代表一位天神在人间的统治。人民可以怀疑君王，但不能怀疑神。神是绝对的权力，人民只有服从，因为有天神授命，再不合理的统治，也都必须接受。象台西方的"天宫"（*Phimeanakas*）正是国王接受天神指令的地方，所以元代的周达观才会记录到："土人皆谓塔之中有九头蛇精。"而这所谓"九头蛇精"，是印度教的"龙神"（*Naga*），正是统治者假借的天神符号，使人间的统治有天神的支持。如同古代中国皇帝称自己为"真命天子"、"奉天承运"，都是把君权伪装为神权，方便统治人民。

巴芳寺的外墙

吴哥王朝留下数百座寺庙，基本上也是高度神权化的表现。这些寺庙一方面敬奉神明，另一方面也常常是国王的陵寝，在信仰仪式上，也把君主的身份与天神合而为一。

因此，每个国王即位，都会为自己修建"国庙"，同时祭拜自己，也祭拜自己属于天神的身份。

对现代人而言，很难了解君权统治与神权的关系，但是吴哥王朝所有的文化都建立在"神王合一"的基础上，是解读此地的寺庙建筑、雕刻艺术，甚至仪式空间，必要的哲学背景。

在目前皇宫遗址的附近，有一座巨大的寺庙，叫做巴芳寺（Baphuon），这里也就是乌岱亚迪亚跋摩二世（Udayadityavarman Ⅱ，在位1050～1066）所修建的国庙。

巴芳寺在周达观的《真腊风土记》里也有记载，他称为"铜塔"："'金塔'之北可一里许，有'铜塔'一座，比金塔更高，望之郁然，其下亦有石屋十数间。又其北一里许，则国王之庐也，其寝室又有金塔一座。"

周达观为什么用"铜塔"来称呼巴芳寺，已经无法查考。他大多时候用"金塔"，极有可能当时吴哥王朝的寺塔，表面多覆有金箔。

周达观会注意到巴芳寺，正是因为巴芳寺的位置紧紧挨着皇宫的南面。巴芳寺北边的围墙，长达425米，正好沿着皇宫外围南边的护城河。巴芳寺本身反而没有排水壕沟的设计，似乎与皇宫共用了同一条护城河。

巴芳寺目前已是一片废墟，唯一清楚留存的是长达172米的引道。引道从入口塔门开始，用1米高的圆形石柱架高，上面铺石板，圆形石柱间

巴芳寺引道下方的圆形柱，密而讲究

距很密，上下都有柱头雕花。用这样密而讲究的列柱支撑，使引道显得特别庄严，好像为特定人物铺的红毯一般。

巴芳寺修长笔直的引道，走在上面，使人产生肃穆安静的感觉，反而会忽略寺院正殿的存在。

巴芳寺正殿是正方略长的建筑布局，东西长130米，南北宽104米，外围有墙，四面都有塔门。

正殿是五层逐渐向上缩小的金字塔形建筑，也就是吴哥受印度教影响的山形神殿，一层一层加高，象征须弥神山。巴芳寺最高的塔尖是24米，的确是皇宫附近最高的建筑，因此会受到周达观的注意吧！

Ming，巴芳寺使我冥想。我走在长长的引道上，走到底端，应该面对正殿的高峻雄伟，可是，我看到的不是高耸的寺塔，却是一片乱石土堆，看起来像一堆坟冢，像我在西安看到的汉武帝的茂陵，笔直的墓道，也是通向一个巨大的土堆。

俯瞰巴芳寺

土堆是所有人的真正结局吗？或者，只是一片灰烟？

我读了一些法国人的资料，原来殖民地时期，20世纪60年代，法兰西远东学院就曾经计划修复这座著名的皇室寺庙。许多建筑的石块，先编好号码，做了登记，再拆散解体，准备重建，重新组合。但是学院的工作被迫停止，法国殖民结束，柬埔寨（Cambodia）独立，内战爆发。许多和法国学者一起工作的技术人员都被视为殖民的帮凶，激烈的爱国主义变质为凶残的、对自己同胞的报复，一切文化都被认定是资产阶级的附庸。1970至1992年，长达20年的内战，数百万人被屠杀，巴芳寺的整修计划当然被弃置。更糟糕的是，原有的编号资料被毁，技术人员被杀。战后负责整建工作的人员，来到巴芳寺，看到的是一片废墟，满地乱丢的石块，完全失去了头绪，整建工作好像大海捞针。

文明是需要延续的，然而天灾人祸一再打断文明，好像总是要重新开始。

现在被战争摧残的伊拉克，也就是古文明的美索不达米亚，因为残酷的战争，文明再次被打断。

Ming，我今天在巴芳寺庭园一角，坐在一棵大树下，身边是一块一块散置的石头，我和一些同行的朋友谈起有关巴芳寺整修的故事，一刹那间，好像听到石块里的哭声或笑声，它们好像要站立起来，要努力走到自己原来在的地方，重新组成巴芳寺。

巴芳寺从1999年开始封闭，由联合国修复计划进驻，我们坐在树下，远远可以看到寺塔周边搭了鹰架，许多工人正在工作。Ming，此刻是2004年的年初，修复的计划在今年年底就要完成，我此刻坐着的这一块石

巴芳寺外满地等待修复的石块

头，也要找到它应有的位置吧！那时，我想重来这里，看一看新整修好的巴芳寺，找到我对文明延续的信心。

因为整修，正殿此刻无法进入，我从法国人出版的图册里，看到殿后西侧有一尊巨大的卧佛。据推测是在15世纪以后，拆除了部分原有建筑，用拆下来的石块建造的卧佛。但是从图片上来看，这尊卧佛似乎也没有完成，只是用无数石块砌叠成躺卧的人形，眉眼都没有细雕，朴拙浑厚，有点像塔高寺（*Ta Keo*）。

会有象征入于涅槃的卧佛出现，是因为吴哥文化已经从印度教改信大乘佛教。在巴芳寺，也可以观察到宗教信仰不同阶段影响到的艺术表现。早期塔门墙上的浮雕，有以《罗摩衍那》（*Ramayana*）为主题的故事，罗摩（*Rama*）和兄弟拉克希摩那（*Lakshmana*）手持弓箭，站立在马车前，正准备与恶魔一战。

或者，也有来自《摩呵婆罗多》（*Mahabharata*）的主题，英雄阿周那（*Arjuna*）跪在地上，接受湿婆（*Shiva*）大神赐给他具有魔法的神奇武器。印度的两大史诗，还是艺术家创作的主要依据。

帝国其实是会消逝的，繁华也时时在幻灭中，但是，帝国在繁华时不容易有领悟。我们今天走到巴芳寺，树下静坐片刻，会有少许憬悟的可能吗？

巴芳寺金字塔形的正殿

CHAPTER 3

无处不在的"高棉的微笑"

巴
扬
寺

巴扬寺四十九座尖塔上一百多面静穆的微笑，一一从我心中升起，仿佛初日中水面升起的莲花，说服我在修行的高度上继续攀升……

　　吴哥王朝的建筑端正方严，无论是尺度甚大的吴哥城，或是比例较小的寺院，都是方方正正的布局，有严谨的规矩秩序。

　　宇宙初始，在一片混沌中，人类寻找着自己的定位。

　　中国"天圆地方"的宇宙论，在汉代时已明显具体地表现在皇室的建筑上。"明堂"四通八达，是人世空间的定位；"辟雍"是一圈水的环绕，象征天道循环时间的生息不断。

　　吴哥王朝来自印度教的信仰，空间在严格的方正中追求一重一重向上的发展。通常寺庙建筑以五层坛城的形式向中心提高，由平缓到陡斜。每一层跨越到另一层，攀爬的阶梯都更陡直。角度的加大，最后逼近于90度仰角。攀爬而上，不仅必须手脚并用，五体投地，而且也要专心一意，不能稍有分心。在通向信仰的高度时要如此精进专一，使物理的空间借建筑转换为心灵的朝圣。稍有懈怠，便要摔下，粉身碎骨；稍有退缩，也立刻

巴扬寺

头晕目眩，不能自持。

坛城最高处是五座耸峻的尖塔。一座特别高的塔，位于建筑的中心点，是全部空间向上拔起的焦点，象征须弥山，是诸神所在之地。

欧洲中世纪的哥特式教堂也追求信仰的高度，以结构上的尖拱、肋拱、飞扶拱来达到高耸上升的信仰空间。

但是，哥特式大教堂的信仰高处，只能仰望，不能攀爬。

吴哥寺庙的崇高，却是在人们以自己的身体攀爬时才显现出来的。

在通向心灵修行的阶梯上，匍匐而上，因为愈来愈陡直的攀升，知道自己必须多么精进谨慎。没有攀爬过吴哥寺庙的高梯，不会领悟吴哥建筑里信仰的力量。

许多人不解：这样陡直的高梯不是很危险吗？

但是，从没有虔诚的信徒会从梯上坠落，坠落的只是来此玩耍嬉戏的游客。吴哥寺庙的建筑设计当然是为了信徒的信仰，而不会是为了玩耍的游客。

我一直记得吴哥寺的阶梯，以及巴扬寺的佛头寺塔。

巴扬寺是阇耶跋摩七世 (*Jayavarman VII*，在位1181～1219【注】) 晚年为自己建造的陵寝寺院。他已经从印度教改信了大乘佛教，许多原始欲望官能的骚动，逐渐沉淀升华成一种极其安静祥和的微笑。

使我在阶梯上不断向上攀升的力量，不再是抵抗自己内在恐惧慌乱的精进专一，而似乎更是在寺庙高处那无所不在的巨大人像脸上静穆的沉思与微笑的表情。

注：阇耶跋摩七世最后统治年份，另有公元1215、1220年等说法。

巴扬寺49座尖塔上有一百多面静穆的微笑

阇耶跋摩七世使吴哥的建筑和雕刻有了新的风格。

印度教观看人性的种种异变，就像吴哥寺石壁上的浮雕，表现印度著名史诗《罗摩衍那》的故事。罗摩的妻子喜妲（*Sita*）被恶魔拉伐那（*Ravana*）抢走了，天上诸神因此加入了这场大战：天空之神因陀罗（*Indra*）骑着三个头的大象；大翼神鸟迦鲁达（*Garuda*）飞驰空中，载着大神毗湿奴（*Vishnu*）降临；猴王哈努曼（*Hanuman*）也率众徒赶来，咧张着嘴唇的猴子，圆睁双目，露出威吓人的牙齿……

战争，无论诸神的战争或是人世间的战争，到了最后，仿佛并没有原因，只是原本人性中残酷暴戾的本质一触即发。

晚年的阇耶跋摩七世，年迈苍苍，经历过惨烈的战争，似乎想合上双眼，冥想另一个宁静无厮杀之声的世界。

我攀爬在巴扬寺愈来愈陡直的阶梯上，匍匐向上，不能抬头仰视，但是寺庙高处49座尖塔上一百多面静穆的微笑，一一从我心中升起，仿佛初日中水面升起的莲花，静静绽放，没有一句言语，却如此强而有力，说服我在修行的高度上继续攀升。

战争消失了，尸横遍野的场景消失了，瞋怒与威吓的面孔都消失了，只剩下一种极静定的微笑，若有若无，在夕阳的光里四处流荡，像一种花的芳香。连面容也消失了，五官也消失了，只有微笑，在城市高处，无所不在，无时不在，使我想到经典中的句子：不可思议。

这个微笑被称为"高棉的微笑"。

在战乱的年代，在饥饿的年代，在血流成河、人比野兽还残酷地彼此

高棉的微笑

巴扬寺的微笑像一部《金刚经》

屠杀的年代，他一直如此静穆地微笑着。

他微笑，是因为看见了什么？领悟了什么吗？

或者，他微笑，是因为他什么也不看？什么也不想领悟？

美，也许总是在可解与不可解之间。

可解的，属于理性、逻辑、科学；不可解的，归属于神秘、宗教。

而美，往往在两者之间，"非有想"、"非无想"。《金刚经》的经
文最不易解，但巴扬寺的微笑像一部《金刚经》。

那些笑容，也是寺庙四周乞讨者和残疾者的笑容。

他们是新近战争的受难者，可能在田地工作中误触了战争时到处胡乱

埋置的地雷，被炸断了手脚，五官被毁，缺眼缺鼻，但似乎仍庆幸着自己的幸存，拖着残断的身体努力生活，在毁坏的脸上认真微笑。

我是为寻找美而来的吗？

我静坐在夕阳的光里，在断垣残壁的瓦砾间，凝视那一尊一尊、高高低低、大大小小、面向四面八方、无所不在的微笑的面容。远处是听障者组成的乐班的演奏，乐音飘扬空中。

我走过时，他们向我微笑，有八九个人，席地坐在步道一旁的树荫下，西斜的日光透过树隙映照在他们身上。一个男子用左手敲打扬琴，右手从肩膀处截断了。拉胡琴的较年轻，脸上留着烧过的疤痕，双眼都失明了。一名没有双脚的女子高亢地唱着。

我走过时，他们欢欣雀跃，向我微笑。

我知道，在修行的路上，我还没有像他们一样精进认真，在攀爬向上的高梯间，每次稍有晕眩，他们的笑容便从我心里升起。

他们的笑容，在巴扬寺的高处，无所不在，无时不在。

哭过、恨过、愤怒过、痛苦过、嫉妒过、报复过、绝望过、哀伤过……一张面容上，可以有过多少种不同的表情，如同《罗摩衍那》里诸神的表情。当一切的表情一一成为过去，最后，仿佛从污泥的池沼中升起一朵莲花，那微笑成为城市高处唯一的表情，包容了爱恨，超越了生死，通过漫长岁月，把笑容传递给后世。

一次又一次，我带着你静坐在巴扬寺的尖塔间，等候初日的阳光，一个一个照亮塔上瞑目沉思的微笑，然后，我也看见了你们脸上的微笑。

巴扬寺的微笑成为城市高处唯一的表情，包容爱恨，超越生死

CHAPTER 4

追索庶民生活的痕迹

巴
扬
寺
的
浮
雕

在浩大壮观的战争历史场景里，活跃着细小不容易被发现的人民存活的快乐。巴扬寺的石壁浮雕使我徘徊流连，那些朴素单纯的庶民生活引人深思……

来吴哥的外地游客，着迷于看华美雄峻的建筑，着迷于看精细繁复的雕刻，目不暇给。每日匆匆忙忙，满眼看去都是伟大的艺术，大概没有很多人有心思去想：当地一般老百姓是如何生活的？

吴哥王朝留下的建筑雕刻，都是古代帝王贵族所有的神庙皇宫。当时的一般老百姓住在哪里？当时的一般人民过什么样的生活？他们的衣食住行究竟和这伟大的艺术有什么关系？我心里疑惑着，不得其解。

Ming，我看到每一日围绕在我们四周的小贩、乞讨者、儿童、战争里受伤的残障，男男女女，他们面目黧黑，瘦削，衣衫褴褛，卑微地乞求着一点施舍。忽然觉得自己在艺术上的陶醉这样奢侈，也这样虚惘。

大部分到吴哥的游客害怕当地人，一堆小孩、乞丐、残障拥过来，团团围住，伸手向你要钱要东西。你的好心慈悲会引来更多的乞求者，像烈日下驱赶不完的苍蝇蚊虫，弄到最后，只有落荒而逃。对自己的无情残酷深深忏悔自责，对悲苦的现实又丝毫没有助益，许多观光客的"悲悯"、"教养"、"善心"都在这里受到了最大的考验。

"艺术源自于生活"，也许是一句轻松又冠冕堂皇的话。真正要深究艺术与人的生活之间的关系，或许并不是三言两语能够说得清楚。

埃及的金字塔是帝王的墓葬，四千年以前陪葬品的精致，令人叹为观止。图坦卡蒙（*Tutenkhamon*）只是十八岁去世的年轻国王，墓葬中出土的金银饰品，手工捶揲的精美，宝石镶嵌技术的繁复，色彩搭配的准确和谐，造型的丰富创意，今日的美术工艺也只有自叹弗如。也常常使人疑问：这些工匠的创造力与审美品质，远远超过今日美术的专业工作者，那么，我们大费周章的美术教育专业训练所为何来？

如果埃及的社会结构正是一个金字塔式的层级组织，所有我们今日欣赏的埃及艺术，其实是金字塔顶端最高层级、极少部分人所享有的生活内容。也可以想见，一个长达一千年的时代，绝大部分人的生活只是随波逐流，在时间里淹没，没有留下一点痕迹。他们用手制作出技术惊人的金银器皿，但是他们一生无缘享用，他们生活里可能只有土木制作的器物，只有草和树皮编制的物件，这些物品随时间腐朽风化，无法保留，留下来的是不朽的金银珠宝，是巨大的石造建筑。

用社会史的角度去看艺术，艺术的不朽或许只是一小部分的精英拥有的特权。追问下去：希腊的雕像与谁有关？宋代的山水画是哪些人在欣赏？如同我常常在想：台湾2300万人中，有多少人一生没有进过故宫博物院和音乐厅？

假设两千年以后，今天的台湾文明像吴哥一样被发现，我们有什么可以被称为"艺术"的遗留使后人赞叹吗？

我在蜂拥而至的乞讨者包围下胡乱地闪过一个巨大的疑问：为什么在这样大的吴哥城，我看不到任何庶民生活的痕迹？

在印度教的信仰影响下，整个吴哥城的重心都围绕着宗教打转。巨大高耸的寺庙无处不在，历代统治者都花费大量人力物力，修筑祀奉众神的庙宇。

周达观的《真腊风土记》记录了他看到的吴哥王朝的庶民生活，有一句话说："如百姓之家，只用草盖，瓦片不敢上屋。"

关于帝王的宫室，周达观记录："正室之瓦，以铅为之；余皆土瓦，黄色。"

遗址的挖掘，铅瓦、黄色的陶瓦都有发现，至于百姓居住的"草盖"之庐，当然经历了数百年，早已腐烂风化、荡然无存。

无论寺庙或皇宫，所有的雕刻装饰也以神佛为主，很少以真实的人间生活为主题。

值得特别一提的例外是巴扬寺。这所由阇耶跋摩七世修建的陵墓寺庙，在四围的石砌墙壁上刻满浮雕，其中出现了难得一见的庶民生活的图像。

在寺庙四围，围绕长达1200米左右的浮雕饰带，主要是以高棉人（Khmer）在12世纪和占婆人的战争为主题。阇耶跋摩七世打败占婆，吴哥王朝国势达于巅峰，这所由他修建的寺庙，也因此留下了这一场战役的历史景象。笃信佛教的阇耶跋摩七世，改变了部分印度教信仰对众神的崇

巴扬寺的浮雕传达出庶民生活的活泼自由

繁茂扶疏的树木下，士兵手持长矛作战

拜，使艺术的内容从诸神的故事转移到人的历史。

战争的主调像一部电影缓缓进行。大象、车子驮载着货物，士兵手持长矛，列队而行。树木繁茂扶疏，鸟雀在树上鸣叫跳跃飞翔。男子都裸身，仅胯下缠围一布，像台湾达悟族的丁字裤。

这数量庞大的浮雕风格特殊，和其他寺庙表现神佛的庄严崇高不同。巴扬寺的浮雕传达出庶民生活的活泼自由，雕法写实而又丰富，长达几十米的战争主题，层次如叙述诗一般，缓缓行进。树林自然成为大衬景，让人感觉到生活的愉悦幸福。一棵树姿态婉转，树茎树叶平面展开，鸟雀布置其间，形式像汉代的画像砖，但更多为写实细节。

戴着头巾、留着络腮胡的占婆兵士，被高棉军人用长矛刺杀，倒毙在地。高棉军人孔武有力，身体骨骼肌肉的表现及动态的掌握都十分精准。这种以生活现实为主题的美术创作，来自对生活细节的认真观察，也一定充满了对现实人生热情的关心与投入。

庶民的生活借着战争的史诗被记录了下来，也许要仔细特写，才看得到

戴着头巾、留着络腮胡的占婆兵士，被高棉军人用长矛刺杀

作坊里一名陶工正专心在辘轳上用手拉坯

浩大壮观的战争历史场景里，活跃着细小不容易被发现的人民存活的快乐。

作坊里一名陶工正专心在辘轳上用手拉坯，制作陶器，制好的陶坯正要送进窑中去烧。他们忙碌着，好像那战争与他们无关。

战争归战争，庶民百姓还是要努力使自己开心生活。他们趴在地上，手里抱着公鸡，两人面对面，吆喝着公鸡上场互斗。许多人看到这个场景不由会心一笑，直到今日，斗鸡仍然是南洋一带庶民男子最常见的日常游戏。

有人在市场木棚屋顶下卖鱼，有人牵着野猪互斗，有人腹中阵痛如绞、正要生产，有人悠闲地静静坐着下棋。

巴扬寺的石壁浮雕使我徘徊流连，那些朴素单纯的庶民生活如此引人深思。

Ming，我走出吴哥城，在今日的暹粒市闲逛。大部分的柬埔寨人仍然居住在树叶草秆搭建的屋子里，草棚用两三公尺的木柱架高，有梯子可以上下，上层睡人，下层堆放货物。长年炎热，许多人就在户外树上拉一条

百姓斗猪

闲适下棋

当地人在用竹筒收集棕糖

简便吊床，睡在树间，自在摇晃，怎么翻身也掉不下来，令人羡慕。

有一种树如棕榈，*10*多米高，当地居民在树干上凿孔，引树汁流入桶中，桶满，将树汁置铁锅中熬煮，用木勺慢慢搅拌。待水分蒸发，将稠黏的液体一小勺一小勺倒进竹片围成的模具中，凝固成围棋子大小的棕糖，十数颗一串，用棕叶包裹，拿到市上售卖。

我看他们制糖，谈谈笑笑，不慌不忙，像在巴扬寺的石壁浮雕里，天灾人祸都没有使他们惊慌忧愁。我品尝着棕糖的甘甜，觉得生活幸福美好，好像可以到寺庙叩拜，感谢神恩。

巴扬寺长达1200米的浮雕饰带，像一部缓缓进行的电影

CHAPTER 5

七百年前周达观看到的皇宫

空中宫殿
与象台

周达观描写国主在夜晚独自登上天宫，与代表神、天、土地或生殖的女蛇交媾，这是民间对此仪式神秘性的传说，也使我对这座建筑产生神圣的感觉……

周达观在西元1296年到吴哥窟，停留了一年多，撰写了《真腊风土记》。这本书是西方人在19世纪研究吴哥城的最重要资料。有许多段文字的记录，在现场和今日还可见到建筑物的对读印证，还有十分真切的感觉。

周达观正式的身份是元成宗铁穆耳派往真腊王国的特使团团长。但也有传说，当时元廷有野心进攻真腊，周达观极有可能负有侦察军事机密的任务。他的书里对吴哥城的城墙长度高度、城门宽度、护城河河宽与桥梁，都有精确的记录，的确使人怀疑《真腊风土记》隐藏着机密的军事情报在内。

《城郭》一章的内容经过现代考古的比对，几乎完全正确："州城周围可二十里，有五门，门各两重，惟东向开二门，余向皆一门。城之外巨濠，濠之上通衢大道，桥之两旁各有石神五十四枚，如石将军之状，甚巨而狞，五门皆相似。桥之栏皆石为之，凿为蛇形，蛇皆七头，五十四神皆

45

小吴哥的城门

七头蛇形的栏杆　　　　　　　　　　　　　　　　　　　　　　城门两旁众神以手拔蛇

　　以手拔蛇，有不容其走逸之势。"这一段描述，今天去吴哥旅游的人，在城门前可以做最现场的印证，也说明周达观观察与描述的精细。

　　《宫室》一章描述当时吴哥王朝的行政中心，也有许多细节。

　　"国宫及官舍府第皆面东。"吴哥王朝是崇拜太阳的，主要建筑物的入口都朝向东方。事实上，吴哥建筑、寺庙的平面多以印度曼陀罗为蓝图，四方形，一层一层加高，突显中央的须弥山。在四方形的四边多有门，门以多重结构装饰，特别强调门楣的华丽，称为"塔门"（Gopura），但的确一般都以东门作为最重要的入口。因此，东门前多有很长的"引道"，成为敬拜的仪式性空间。

　　一般游客现在造访吴哥，游览的地方多半是寺庙、陵寝。皇宫的部分多已不完整，只剩台基遗址。

　　周达观书中写到"莅事处"，是和当时真腊国的行政中心有关的记录："其莅事处有金窗棂，左右方柱上有镜数枚，列放于窗之旁；其下为象形。闻内中多有奇处，防禁甚严，不可得而见。"周达观指的"莅事处"，应是今日的"象台"。

"象台"是皇宫前宽350米的一处平台，非常像举行阅兵大典的观礼台，面对正东一片大广场。

"象台"以石砌，高两三米。朝外的部分雕刻成大象的形状，故名"象台"。事实上，大象只雕出三个立体头部，头上戴宝冠，象牙向外突出，身体的部分是以平面浮雕技法来表现。象鼻下垂，着地，像一根一根列柱。吴哥王朝的雕刻，观念非常活泼，在结构功能要求下，兼具写实和抽象的表现法，混用浮雕和立体雕刻的两种手法，"象台"是最明显的一例。

"象台"四周的雕刻事实上不只是象，也有"飞狮"和"神鸟"（Garuda）造型，高举双翅，挺胸站立，厚实雄壮，的确是国王"莅事"、"朝觐"或"阅兵"的气派。

从平面来看，"象台"是皇宫对外的窗口。"象台"后方就是皇宫，一定也兼具防卫的功能，所以周达观才会说："内中多有奇处，防禁甚严，不可得而见。"

至于周达观叙述的"有镜数枚"，现在当然都不存在了。早年石砌的台基上应该是木构造的宫室，也大多无存，只有参考古遗址中发现的一些铅瓦、陶瓦，和周达观的描述相合："其正室之瓦，以铅为之；余皆土瓦。"

皇宫中被周达观描述最详细的是"金塔"。"金塔"即是今日一般俗称的"空中宫殿"。

具有阅兵气派的象台，混用浮雕和立体雕刻，象鼻卷起水中莲花

象台周围神鸟的雕刻

　　"空中宫殿"原名*Phimeanakas*，是由*Vimana*和*Akasa*两个梵语合成，直译也就是"天宫"。

　　"天宫"是皇宫内现存较完整的建筑，是三层加高金字塔造型，四面有石阶可以攀登，东西长*35*米，南北*28*米，只有*12*米高，但因为角度的关系，感觉非常陡峻。

　　"天宫"是罗贞陀罗跋摩二世（*Rajendravarman II*，在位944～968）在位时修建。这座石造高塔非常神秘，当初只有国王可以上去，周达观也记录了这座塔的神秘性传说：

　　"其内中金塔，国主夜则卧其下。土人皆谓塔之中有九头蛇精，乃一国之土地主也，系女身，每夜则见；国主则先与之同寝交媾，虽其妻亦不敢入。二鼓乃出，方可与妻妾同睡。若此精一夜不见，则番王死期至矣，若番王一夜不往，则必获灾祸。"

　　周达观这一段神奇的描写，使我拿着书站在"天宫"前，有了很不同的感受。

具有仪式意味的天官，陡峻、神圣又带着神秘

林珈与优尼

真腊的国王是神的化身，他们在人间的统治，虚拟为天神的附身。"天宫"或许是国王夜晚祈祷奉祀上天的所在，整座建筑陡峻庄严，也特别具有仪式的意味。"蛇精"九头，应即是印度教宇宙初创的龙形大神"哪迦"（*Naga*），国王与她的交媾，也便是另一种形式的"君权神授"的象征吧！

事实上，吴哥寺庙中到处还看得到印度教信仰对于"性"的原始崇拜，象征阳具的圆柱"林珈"（*Linga*），和方形水槽象征女性阴器的"优尼"（*Youni*），组合成神殿中重要的膜拜空间。

在吴哥城外科巴斯宾山（*Kbal Spean*）暹粒河（*Siam Reap River*）发源的河床谷地，也发现了刻满阳具与阴具的符号，在浅浅的河床巨石上，以生殖的图像祝福河水流向人间，繁殖绵延，成为富饶生命的象征。

Ming，人类或许离开原始的生殖崇拜已经很远了。许多人会对吴哥文化中的性器崇拜觉得好笑或猥亵，已经很难理解初民在崇拜生殖的仪式中，寄托着对生命萌生的庄严祝福，与今日发展成感官刺激的性，是很不相同的吧！

癫王台浮雕，中间为冥界大神牙麻

　　周达观描述的国主在夜晚独自登上天宫，与代表神、天、土地或生殖的女蛇交媾，或许只是民间对此仪式神秘性的传说。经过周达观的记录，今日矗立在一片废墟中的天宫，更增加了神秘感，使我对这座建筑产生神圣的感觉。

　　象台的东北端，有一处高7米的台基。台基上原有的木构造建筑已不存在，但台基四周的雕刻非常精美。这一处平台上，有印度教死亡冥界负责审判的大神"牙麻"（*Yama*）的像，因为石材的变质，身上显出苔斑，仿佛皮肤病，因此俗称为"癫王台"（*Terrace of the Leper King*）。但民间也传说，此台修建于耶轮跋摩一世时代，而这位创建吴哥城的国王，的确后来得麻风病而死。

　　"癫王台"的说法无法考证，但"象台"此处似乎的确与昔日吴哥王朝的"审判"、"诉讼"有关。

周达观《真腊风土记》的《争讼》一章留下可贵的记录："两家争讼，莫辨曲直；国宫之对岸有小石塔十二座，令二人各坐一塔中，其外，两家自以亲属互相提防。或坐一二日，或三四日，其无理者必获症候而出：或身上生疮疥，或咳嗽发热之类，有理者略无纤事。以此剖判曲直，谓之'天狱'。"

现代人的司法观念，大概很难了解"天狱"。"天狱"是相信上天有一种公平的审判，所以双方有诉讼，无法判断对错，就把原告、被告各自关进皇宫对面的小塔中。由对方的亲属监视，不准出来，一直关到其中一方生病，或生脓疮，或发烧咳嗽，便说明此人有罪，已得上天惩罚。

周达观的记录虽然神奇，但现在"象台"东西广场上还留有着12座小塔，原本都不知道功能，因为周达观的记录，留给后人一条思索的线索，颇为真实。

天宫里行走的小沙弥

THE BEAUTY OF ANGKOR | Part 2

第二部

小吴哥城

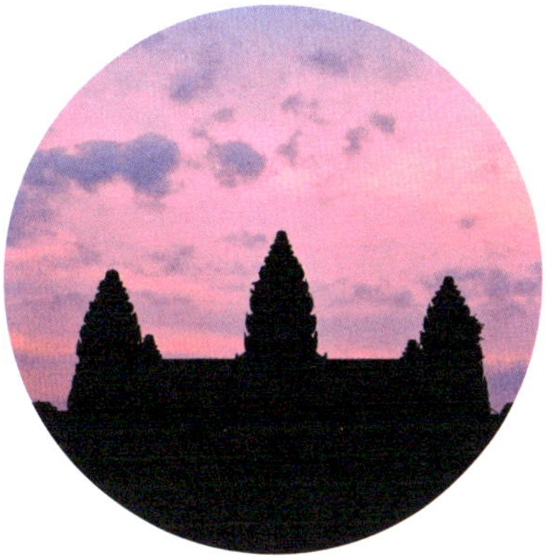

吴哥寺被誉为建筑的奇迹，
奇迹是建造者如此透彻领悟人性，
他并不是在盖房子，他为这个城市留下了心灵的空间，
是“城中之城”，是肉身里心灵的留白。

CHAPTER 6

肉身里心灵的留白

吴哥寺 『城中之城』

在真正进入寺庙核心之前，我们被幻影迷惑了，真相还在远方。

如果……迷……是过程，

我们似乎离……悟……还远……

Ming，吴哥城（Angkor Thom）有一座"城中之城"，是吴哥寺。

Angkor直译出来是"城市"，一般说的Angkor Thom，Thom是大的意思，所以整个Angkor Thom应该直译为"大城"或"大都"。

一般我们说的"吴哥窟"，是从Angkor Wat翻译而来。Wat，也有人写做Vat，直译就是"寺"、"庙宇"，所以Angkor Wat真正的意思是"城中之寺"。

现在一般人无法分辨两者的分别，又把Angkor Thom称为"大吴哥"，Angkor Wat称为"小吴哥"。

大吴哥是城市，它的中心有一座重要的寺庙是巴扬寺，由阇耶跋摩七世修建。所以真正的"城中之寺"应该说是巴扬寺，而不是俗称小吴哥的吴哥寺。

小吴哥并不在吴哥城中，它独立在大城的东南方1700米的地方。有独

宽阔笔直的石板大道，把参拜者的视觉逼引到最远的端景

立的护城河，有四边的城门，有外墙内墙，所有城市应该具备的格局规矩它都有，已经远远超过一个"寺庙"的元素。因此，或许应该视为一个独立的城市，是一个五脏俱全的"城中之城"。

事实上，吴哥寺、吴哥窟都不是最恰当的译名，俗称的"小吴哥"倒有点贴近这栋建筑真实的状况，像一个规模较小的吴哥城。

吴哥寺是目前观光客造访的最热门景点，它也是吴哥王朝国势达到巅峰时期的代表作。

Ming，每天从南方进吴哥城，总是首先在进城大路的东边看到方方正正的吴哥寺。被苍翠高大的树木包围，外面有人工开凿、宽度达*190*米的护城河。河面虽然在旱季，仍然水波荡漾，据说平均水深达*5*米。深水处浮着荷叶荷花，儿童男女嬉戏其间，仍然仿佛周达观在*1296*年从元代大都来造访时的景象。

周达观的报告中最有趣的是写到女子在河中沐浴，男男女女裸裎相向的画面，对北方寒冷地区来的使节团成员而言，身受儒家保守思想习染，可以说是"大开眼界"了。

吴哥寺四周宽达*190*米（雨季时可能更宽）的护城河，看起来不觉得是纯粹为了实际的防卫功能而开凿。它的东侧本来就有一条自然的暹粒河，用人工的方法引水成沟渠，环城一周，除了雨季排水蓄水之外，似乎在建筑空间上更突显了印度教寺庙建筑的宇宙观念。宇宙初创，须弥山是从水的混沌中浮现，"水"在吴哥，与创世的神话信仰有关。

印度教相信，人间的君王是由天神毗湿奴化身，统治王国之后，死后还要回到须弥山，与毗湿奴合而为一。

吴哥寺是庙宇，也是陵墓，是苏利耶跋摩二世（*Suryavarman* Ⅱ，在位*1113～1150*）为自己修建的陵寝，也兼具供养毗湿奴大神寺庙的功能。寺庙中原来供奉一尊高*3.35*米的毗湿奴神像，是用一块完整的石头雕成。

吴哥寺中最特殊的地方，是它坐东朝西的格局。一般说来，印度教崇拜东方，东方是日出的方向，吴哥所有的寺庙建筑都朝东。吴哥寺选择朝西，有不同的说法。有人认为它是陵墓，而不是寺庙，因此朝向日落方向。也有人认为它的东边是暹粒河，很难有举行仪式的广场空间。选择朝向西方的原因至今众说纷纭，未有定论。

从西面走向吴哥寺，所有人都被空间的伟大震撼了。建筑的实体其实还很远，但是一条笔直的石板大道，长度达到*475*米，宽度有*9.5*米，如此空无一物的笔直大道，仿佛透视上的两条寻找焦点的线，把参拜者的视线，一直逼引到最远的端景。端景是巍峨耸立的寺塔，象征君王与神合而为一的须弥山，是宇宙的初始，也是宇宙的终极，是时间的永恒，也是空间的无限。

Ming，我在这惊人的引道伫立很久，思考建筑里的"空间"的力量。回忆我所经验的建筑，很少有这样强大的引道空间。只是一条步道，只是石板铺砌的一条笔直引道，用石桩架高，距离地面大约*1*米多，跨越整个护城河的宽度，使人在每一步的前行中感觉到靠近信仰的漫长过程。

吴哥寺是有外墙围绕的，外墙东西长*1025*米，南北宽*800*米，近于正方而略有变化，而引道的长度几乎是整体建筑的一半。

吴哥寺主神殿供奉的毗湿奴像

吴哥寺塑造出的建筑的力量

吴哥寺不断用"空间"来塑造建筑的力量，像宋画中的"留白"，像书法上说的"计白以当黑"，像老子强调的"有无相生"。"无"的空间，构成"有"不可分割的部分。

　　引道上475米的一步一脚印，从不同的距离接近寺塔远远的中心。到了引道终了，出现一扇门塔，横向宽度235米，有三个入口，都以多面向的寺塔结构来完成，庄严华丽，不是防卫性的入口，而是需要自己虔敬谦卑的入口。"门"是入口，是心灵升华的入口，并不是防卫，也不是拒绝。

　　Ming，我进了外墙，发现离寺塔中心还很远，又是一条引道，笔直通向第二层内墙，但第二层"空间"已不像外墙之外那样空静。引道两侧有藏经阁，小小的建筑，使天辽地阔的空间中有了"人"的定位。加上两侧两个近于正方的水池，倒映出远处寺塔的造型。

　　Ming，许多人停在这里，许多人在这里拍照，在真正进入寺庙核心的中央之前，我们被幻影迷惑了。两个水池像两面明亮的镜子，我们停在幻影之前，忘了幻影之后才是真象。

　　"真象"还在远方，从正面看是三座高高的寺塔，稍微倾侧，可以看到五座。四座小塔护卫着中央一座最高的中心塔，空间的布局，使吴哥寺在真实与虚幻之间。

　　我们在内墙外围徘徊了很久，我仍在水池边为幻影迷惑，我们有意无意似乎在拒绝认识"真象"，我们有意无意在延后真象的揭发。

　　如果"迷"是过程，我们似乎离"悟"还远。

　　吴哥寺被誉为建筑奇迹，建造者如此透彻领悟人性。他并不是在盖房子，他为这个城市留下心灵的空间，是"城中之城"，是肉身里心灵的留白。

我还没有走进"内墙"，我还没有看到全世界最大的回廊浮雕，长达*800*米，叙述着印度的两大史诗《摩呵婆罗多》与《罗摩衍那》，叙述着天堂地狱、战争历史、人世间的爱与恨。

Ming，我停在信仰的前面很久。我看着这个门口，我要何时进去？我要如何进去？我会在信仰的中心和你相遇吗？我要静静绕进回廊，在每一个阒暗的角落寻找你。

吴哥寺塔门入口，是虔敬谦卑的入口，也是心灵升华的入口

吴哥寺的塔尖倒映在水池中，有一种华丽虚幻的美

CHAPTER 7

血色金光，朵朵红莲的一堂早课

吴哥寺
的黎明

黎明的曙红，像是要重新回忆帝国昔日的辉煌。

吴哥城像一部佛经，经文都在日出、日落、月圆、月缺、花开、花谢，生死起灭间诵读传唱，等待个人领悟……

Ming，今天是*2004年1月8日*，我在吴哥寺前等候黎明。

接近赤道的吴哥，其实没有明显的冬季，即使在温度最低的一月，中午日正当中，气温一样高达*38摄氏度*。只有在日出之前、日落之后，温度维持在*25摄氏度*左右，尤其在不下雨的干季，才特别觉得舒适。

当地的人告诉我们，这个季节日出的时间大约在六点十五分。我在五点起床，喝了咖啡，五点半左右即开始向吴哥寺走去。

阒暗的夜色里，满天都是星辰，天空澄净无云，好像要准备迎接一个盛大的黎明。

通向吴哥寺的大道上，许多疏疏落落的人影，吴哥寺著名的日出还是吸引了很多早起的游客。到了吴哥寺入口，四面汇聚的人群更多了，幸好寺庙前引道广场的空间非常大，*190米*宽的护城河，*475米*长的引道，入口五座塔门宽度是*350米*，这样宽阔的尺度设计，涌进了这么多人，还是觉

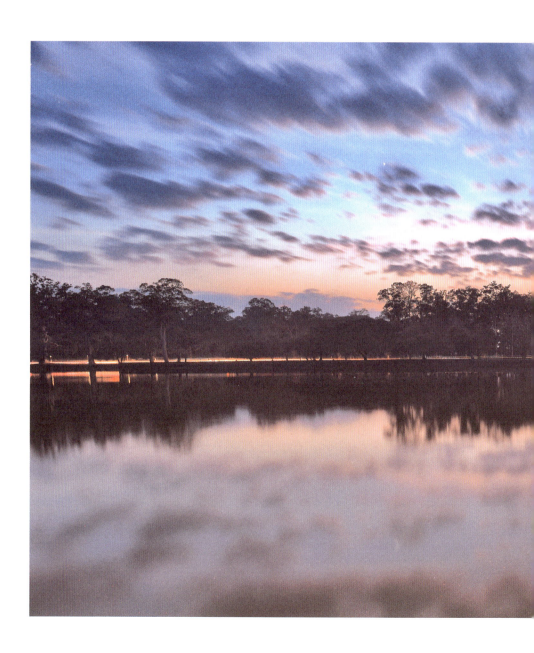

吴哥寺的黎明

得有余裕的空间。喜欢热闹的游客会挤在一堆，癖好孤独的人仍然有许多不受干扰的角落，可以保有自己的宁静。

引道入口两边有几株高大扶疏的菩提树，树龄有八百年以上，据说是佛陀在菩提伽耶（*Buddhagaya*）悟道的那棵菩提树引来的种子。我去过菩提伽耶，在悟道原地的那棵菩提早已不存。佛陀树下悟道之后，那棵菩提树被尊奉为神圣的象征，早期佛教艺术不敢直接有佛陀造像，大多就用一株菩提树代表佛陀。因此长久以来，那一株菩提的种子，也被信徒带到各处供养，种植成大树。在母树死去后，从斯里兰卡又引回原树的种子，重新种植在佛陀悟道的原址。吴哥寺前的菩提，大约种植于宋元之际，只是不知道是从哪里引进的种子。

吴哥寺修建在苏利耶跋摩二世时期，当时吴哥王朝的信仰还是印度教，菩提种子的引进应该更晚，可能与阇耶跋摩七世的改信佛教有关。

菩提的叶子如心形，有细长的蒂，风微微吹，一树的叶子都在颤动，好像灵敏颖悟的心，可以感受四方来的风。

黎明的曙光从很远的天际开始亮起。吴哥寺是吴哥城唯一朝向西方的寺庙，背向日出的东方，五座尖塔在微亮的天际形成明显的黑色剪影。庄严的建筑轮廓，衬托着慢慢亮起来的背景，每一个角落都有人，每一个人都面向东方。黎明日出，天地间寂静无声，好像等待君王天神降临。

我忽然想起，苏利耶跋摩的名字，"跋摩"是"宝座"，"苏利耶"则是"太阳"。他建造这座寺庙，纪念自己，为自己立了宝座，也为太阳立了宝座。

Ming，我等待日出的地方，在面对吴哥寺正前方左侧的水池前。水池大约有100米见方，两方水池，方方正正，坐落在引道的两边，像两面明亮的镜子。高耸的吴哥寺的塔尖，倒映在水池中，产生华丽虚幻的美，使人想到佛经说的"镜中花"、"水中月"。吴哥城许多寺庙都有水池的设计，但是很少水池能产生与实体建筑如此相映照的微妙关系。"实"与"虚"，"有"与"无"，吴哥寺体现了最深的东方哲学，使人想到两千年前老子说的"有无相生"，使人想到更早佛经开示的"色即是空，空即是色"，都在哲学的层次上赋予"空"、"无"真实的存在意义。

因此，我等待的吴哥寺的黎明，也只是时间意义上的一个虚幻假象吗？

我坐在池边，看池水波光粼粼，波光间浮着一片一片绿色莲叶，莲叶冒出一丛一丛红莲。我从朵朵红莲中看到日出前的天光，红莲含苞，像一只只的手，召唤出了黎明。

吴哥寺沉静在水里，背后的天光透露出浅浅的红。红，像淡淡血渍，从灰黑夜色的薄纱里渗透出来。红逐渐加深，愈来愈浓重，逼出吴哥寺更鲜明的轮廓。吴哥寺是吴哥王朝鼎盛时期的建筑，黎明的曙红像是要重新回忆昔日的辉煌。红，像深深嵌入血肉的记忆，血渍的红里闪出了金色的光，金色在水波里跳跃，像贵重的织锦。红莲慢慢绽放，水池四边的鸟雀鸣叫啁啾。黎明开始了，黎明浩大的光宣告生命苏醒，一轮金红色的太阳从建筑背后升起。

吴哥寺的黎明，像一堂早课。我闭目凝神，看到血色金光，看到朵朵红莲，看到一个帝国已经逝去的灿烂辉煌。

五座尖塔在微亮的天际形成明显的黑色剪影

日出之后，有人鼓掌，好像看完精彩表演；有人默默离去，若有所失。美的显现，使人欢欣鼓舞；美的显现，也使人忽然如见本心，沉默感伤，悲欣交集，无以名状。

我总觉得吴哥城像一部佛经，经文都在日出、日落、月圆、月缺、花开、花谢，生死起灭间诵读传唱，等待个人领悟。

众人散去，也有人利用黎明的光，走进寺庙回廊，静观壁上浮雕故事。

吴哥寺建筑的实体，大约只是整体空间布局的十分之一，寺庙本身并不大，外围有回廊环绕。回廊有两层，有点像台湾建筑里的骑楼。在气候炎热又多雨的地区，不论是艳阳高照，或是雨天，骑楼式的回廊，都是最实用的建筑空间，人在回廊下行走，避开烈日，也避雨水淋湿。台湾的骑楼多与室内建筑结合，吴哥寺的回廊单独存在。用回廊构筑成围墙，环绕寺庙外围一圈，除了通行的实际功能，回廊内侧精美的浮雕，就成为一面行走一面浏览的重要视觉享受。

吴哥寺外围回廊壁上的浮雕，有强烈的史诗性质，每一段浮雕的长度在100米左右，一面行走一面浏览，好像阅读一本书，故事娓娓道来，用画面叙述情节，可以说是人类史上最早的文学绘本。

从西面正门进入，顺时针方向往北走，北侧的浮雕是印度古老史诗《罗摩衍那》的故事；逆时针方向往南，南侧的浮雕叙述的是《摩诃婆罗多》，印度最古老的经典延展排列在正殿回廊的两侧。两大史诗，是文学经典，也是印度教教义所本，建造者把这两部史诗一一雕刻在最重要的墙壁上，当然有教化臣民的意义。西方人把回廊翻译为"Gallery"，也正好

吴哥寺外围的回廊

吴哥寺回廊中的雕像

传达出回廊浮雕的展示功能。唐代宫殿有特别为功臣立像的"麟台"，或许接近吴哥寺回廊的意义。但是中国古代多刻"石经"，"熹平石经"、"开成石经"都用文字教化，和吴哥寺的图像叙事不同。

《罗摩衍那》叙述罗摩的妻子喜妲被恶魔拉伐那强行掳去，因此罗摩广邀天上诸神助战，拉伐那也引来诸魔对抗，从人间打到天上，印度教所有的神与罗摩都在这场战争中出现，也可以说是印度教最基本的教本。

《罗摩衍那》已有中文译本，但人物众多，情节复杂，许多人读了很多次，仍然不容易弄清楚脉络。倒是借着吴哥寺的浮雕，有具体的图像，可以一目了然。拉伐那不只三头六臂，它发动魔法，对抗诸神，在石壁上看到的它的形象，可与欧洲现代超现实主义的风格媲美。吴哥寺的艺术使西方人惊叹，也就可想而知了。

CHAPTER 8

神话文学的美术绘本

吴哥寺
的浮雕

吴哥寺的廊不只是为了通过，似乎更是邀请我们停留，巨石浮雕刻出了印度两大史诗的图像故事，优美又充满活泼生命力，是人类的奇迹。

吴哥寺环绕在殿宇四周的廊，一步一步，减缓了我行进的节奏。

廊的外面，升高的太阳，使光线愈来愈亮。柱子有一面受光，浅刻在石柱上的飞天女神（*Apsara*）好像一一苏醒了，手中拈着花朵，或手提裙裾，姗姗走来。

柱子上的浮雕刻得很浅，像织绣或印花，像一种迷离的光影。

吴哥寺的设计者太懂得阳光了。

长年的日照，使回廊下的阴影和回廊外的日光形成明显的对比。好像印度教中的神与魔，善与恶，是与非，没有绝对的好与不好，像是色彩中的黑与白，只是一种配置与对比。

廊檐并不高，2米左右，被一列一列方方的石柱支撑着，如果游客不多，可以一眼望尽廊的端景，非常齐整，使人的行进有了秩序。

廊有两重，外面一道较低矮，内部的廊靠墙壁，虽然高，光线却不

83

石柱上的飞天女神，手拈花朵，或手提裙裾，姗姗走来

光影下的回廊

容易照到。我从西面进入，西面墙上的浮雕要到近黄昏时分，日光斜射，浮雕的细节才在直接照射的阳光下照亮，但黄昏的日光短暂，也只是一刹那，光就消逝了。好像所有的繁华也只在瞬息间，即刻幻灭，沉入黑暗。

Ming，吴哥寺的廊不只是为了通过，似乎更是邀请我们停留。

面西的两道长廊浮雕，各有*100*米左右长度，朝南的一端雕刻着整部《摩诃婆罗多》的史诗故事，朝北的一端则是古印度另一部伟大史诗《罗摩衍那》。

我逆时针方向行走，先阅览了《摩诃婆罗多》。

《摩诃婆罗多》是一部大史诗，人物众多，仿佛古印度教的创世纪故事。故事的主线围绕着两大家族的漫长战争展开，画面从左向右发展，像中国式的长卷，像叙事史诗，像电影。读过《摩诃婆罗多》的故事，看到"俱卢"族（*Kauravas*）——武装出现，和从右向左进行的"般度"族

（*Pandavas*）相遇，发生惨烈的战争。有军士被箭射死，父母同僚围绕尸体，哀伤悲悼。有的兵士弃械投降，有的力战而亡。大象和军队构成复杂交错的画面，三度空间的层次借重叠的影像表现，前后秩序分明。由左向右，由右向左，两条行进画面在中央交会。看似繁杂，却处理得有条不紊。

这些浮雕都刻得很深，人体肌肉有真实的立体感，人物在战争中夸张的动作，很显然来自东南亚民间传统的戏剧、舞蹈，并非真实生活的动作。《摩呵婆罗多》和《罗摩衍那》在整个受印度教影响的东南亚，从神话文学演变成宗教仪式乐舞，变成戏剧舞蹈的叙事表演，都对民间产生广大影响。现实生活中一般人的眼神、手势，也从此有了美学依据，雕刻家自然依照这些经验完成了墙壁上的浮雕。

吴哥寺西面的《摩呵婆罗多》和《罗摩衍那》是最伟大的浮雕，是神话文学的美术绘本。米开朗基罗五百年前把基督教《圣经·创世纪》一章图绘在西斯汀教堂（*Cappella Sistina*）屋顶天篷上，吴哥寺则在八百年前以巨石浮雕刻出了印度两大史诗的图像故事。

Ming，这些优美又充满活泼生命力的浮雕，真是人类的奇迹。我一段一段细读，在文字上阅读起来颇艰难的史诗，竟然变成了视觉上浅白易懂的生动画面。

逆时针方向，从西面浮雕转向南面，又出现长达100米多的浮雕。这一面长浮雕在2米高的墙壁上分割成两层，上层描述建造吴哥寺的苏利耶跋摩二世和他朝廷中重要的大臣将军，下层则浮雕着他的妃嫔及儿女。

中国古代宫廷有"麟台"、"凌烟阁"，图绘对朝廷有功的大臣将

吴哥寺的回廊浮雕交错着神话故事与人间历史，此三图为战争场景

苏利耶跋摩二世的君主仪仗，华盖达15张，展现贵族威仪

军。吴哥寺南面西端这一段长浮雕有类似的功能，也保留了13世纪高棉鼎盛时代的统治者贵族图像。

苏利耶跋摩二世手持拂尘，头戴宝冠，优雅地坐在宝座上。旁边环绕侍从婢女，手持羽扇华盖，华盖多达15张，是君王的仪仗。在这一段浮雕中，依次有不同身份的臣子，华盖数量不一，有13张的，有5张、6张的，可见华盖代表不同阶级地位的高低。

这一段浮雕表现贵族威仪，画面特别华丽安详，背景有姿态优美的树木，树木上停栖鸟雀，仿佛太平盛世。最美的是下层的妃嫔，和吴哥寺飞天女神发式装束相同，坐在精致的步辇上，由仆从抬着，裙裾飘扬，优雅华丽。

从这一段具有历史写实意义的浮雕上，可以看到当年高棉的真腊王朝盛世时的繁荣。当时，高棉帝国统治区域广大，北至中国云南边界，西至孟加拉湾，东至越南海隅，可以说是东南亚最强大的帝国。

南面东端另一段长浮雕，以"地狱"、"天堂"为主题。"天堂"分37层，"地狱"32层。"天堂"景象比较一致，"地狱"则描绘各式各样惨烈恐怖的受苦形象，挖眼、拔舌、火烙、倒悬、遍身钉刺……看了令人怖惧悚然。画面中央是执掌审判的大神"牙麻"，"牙麻"有十八只手臂，各持不同法器，威严狞厉，善恶分明，使善人升天，恶人入地狱。

吴哥寺的回廊浮雕交错着神话故事与人间历史。对印度教的信徒而言，人与天的故事似乎并没有差别。人世间永远在争斗对抗，天神的世界也一样争战不休。

逆时针方向从南面再转向东面，东面墙壁上出现印度教最重要的创世纪神话浮雕"搅动乳海"。这个故事一再出现于吴哥王朝的建筑上，成为桥栏，也刻在门楣上，是游览吴哥最熟悉的图像。

吴哥寺这一段浮雕却以非常图案式的秩序表现神与魔，双方拉动巨蛇，搅动乳海。乳海就是生命之海，上方跳跃出浪花生成的飞天女神。整幅构图形成一长条拔河般的阵势，左边是88位有魔力的阿修罗，右边是92位善神，向两边拉扯巨蛇。巨蛇缠住曼陀罗山，山坐落在巨龟背上，毗湿奴神在中央俯视，湿婆神、大梵天，以及猴王哈努曼也都出现。海中翻腾着鱼类、蛇、鳄鱼等海中生物，所有生命都开始了。在数十公尺长的浮雕中，创世纪神话掀开了乳海浪花。

南面尾端的浮雕，以及北面的浮雕，许多部分尚未完成，也可以了解吴哥寺建筑工程的浩大，在数百年间，不断修建。浮雕总共长800米，是全世界规模最宏大的艺术品，也是在数世纪间陆续雕刻而成的。

　　逆时针绕回廊一圈，最后回到西面北端的浮雕，这段以《罗摩衍那》史诗为主题的浮雕，表现的故事是罗摩的妻子喜妲被十个头的恶魔拉伐那掳去，诸神赶来大战于蓝卡（Lanka）。最有趣的是猴王率领的群猴，在混战中表现出有趣而生动的猴子的表情动作，猴王哈努曼也就是我们熟知的《西游记》孙悟空的造型来源，这段浮雕的图像已深深影响到了中国的美术、戏剧历史。

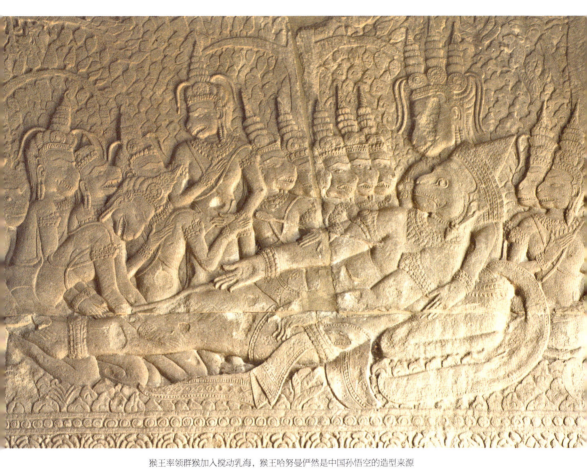

猴王率领群猴加入搅动乳海，猴王哈努曼俨然是中国孙悟空的造型来源

印度教创世纪神话"搅动乳海"，呈现神与魔、善与恶的拉锯

THE BEAUTY OF ANGKOR | Part 3

女神无所不在,在回廊深处的列柱上,
在壁角转弯的瞬时里,被青苔覆盖了脸,
数百年岁月风化,斑驳了,漫漶了,
石块和树根,女神和藤蔓,艺术和岁月,雕刻和时间,
变成不可分离的共生者

CHAPTER 9

毗湿奴、吉祥天女与砖雕艺术

喀拉凡寺

形成刚健纯朴的特别韵致……

人体肌肉饱满丰腴，动作流畅生动，

美丽的浮雕，刻在密合的红砖上，

我走进中央砖塔，并没有预期会看到这样

Ming，我在喀拉凡寺（*Prasat Kravan*）看见了非常美的砖雕。

吴哥文化的浮雕精细繁复，华丽而又崇高，有戏剧性活泼生动的人物肢体动态，又能呈现细腻的心理静态之美，艺术成就能媲美世界任何文明的雕刻艺术。

雕刻艺术所使用的材料极多，石材、木头、土砖、动物的骨头、角、牙、植物的果核，都可以用来做雕刻。用泥土塑造的原模，翻制成金属的雕塑，与雕刻的过程方法不同，所涉及的材料也非常广。

吴哥文化的雕刻分成两个不同的时期，大约以西元1000年为分界，之前的浮雕以砖雕做底，上敷灰泥；西元1000年之后才改为石雕。

因此，了解吴哥窟的石雕美学，应该先了解起源的砖雕艺术。

砖雕艺术在罗洛斯遗址的普力科寺、洛雷寺都还有遗留。但是罗洛斯遗址的建筑是9世纪的古迹，年代久远，砖雕材质不如岩石坚硬，保存也不易，上面敷盖的灰泥是用黏土加糯米糊成，更是容易剥落。

因此，西元921年修建的喀拉凡寺，在砖造建筑结构及砖雕艺术两方面，都值得作为吴哥早期典型风格来欣赏。

吴哥王朝在9世纪末从罗洛斯遗址迁都，在暹粒河边的巴肯山上建立新的宗庙。921年距离迁都时间不远，在哈沙跋摩一世（*Harshavarman I*，在位*908～922*【注】）统治下，由当时高阶贵族共同修建了喀拉凡寺，用来供奉毗湿奴大神。

现在看到的喀拉凡寺已经不完整，五座一字排开的砖塔，其中三座的上部已经坍塌，只剩底座。红砖的结构，因为外部灰泥全部剥落，呈现出非常美的红砖色泽，以及严谨的砖砌结构。

这几座塔基，使我想起西安的大雁塔。西安的大雁塔原来也是五层，建于唐高宗永徽年间，比喀拉凡寺要早两百多年。可以看到印度建筑往北传和往南传的两条脉络，只是传入中土的是佛寺，传入吴哥的喀拉凡寺却是印度教庙宇。

因为喀拉凡寺西面邻近新开道路，目前游客多由西面进入，其实是以前寺庙的后方。喀拉凡寺和大多吴哥寺庙一样朝向东方，如果绕到五座砖塔的东方，还可以看到地面上引道的遗址，以及残余的部分塔门。因此，喀拉凡寺的建筑格局是非常像罗洛斯遗址的早期风格的，尤其接近普力科寺的形式。

五座砖塔中央的一座特别巨大，有主体的意义。寺塔门柱及门楣的部

注：哈沙跋摩一世在位期间另有公元910-923年等说法。

98

喀拉凡寺中央主塔，与西安大雁塔分别为印度建筑南传北传的两条脉络

喀拉凡寺的女神

分用石材，遍布雕花。原来红砖外敷灰泥的部分是否有雕花，目前已看不出来，但也特别显出红砖结构的素朴庄严。

这几座砖塔在20世纪60年代整修过，也在旧的基础上补进了一些新的砖。新砖为了与旧砖分别，上面印制了"*CA*"两个字母。整修的过程，推翻了以往认为吴哥砖造建筑使用植物性黏合剂的看法。事实上，吴哥砖造建筑，在砖与砖之间，填进了砖粉与泥土做的黏合剂，因此砖与砖的隙缝非常密合又不容易发现，更能突显出砖砌结构的精致细腻。

Ming，喀拉凡寺废弃的庭院中有一棵大树，枝干交错扶疏，绿叶浓荫，像一树伞盖。此地游客也比较少，坐在树荫下，古寺幽静，只听到鸟声，想象昔日寺庙梵唱诵经，好像今日鸟鸣也都是因果。树下静坐，特别可以细细欣赏砖塔的端正。

然而，喀拉凡寺最使我着迷的是砖塔内的浮雕。

我第一次走进中央砖塔，并没有预期会看到这样美丽的浮雕，刻在密合的红砖上，形成特别的韵致。

供奉大神毗湿奴的主殿，空间并不大。中央一座祭台，祭台后方有毗

毗湿奴大神的浮雕立像

湿奴神的浮雕立像，八只手臂，各持法器。外围一圈雕花神龛，神龛两侧
四周围绕六排侍者，皆双手合十敬立，表示出虔诚的样子，护卫大神。

两侧墙壁也都有浮雕，距离大概只有四公尺。浮雕都以毗湿奴神为主
题，外围是精细雕花的神龛，神龛上垂挂珠串璎珞流苏，流苏仿佛在风中
飞动，具有动态。

面对祭台，左侧墙上浮雕两公尺高的毗湿奴像。印度教的大神常常有

毗湿奴神头戴宝冠，手持法器，蹲坐在神鸟与迦鲁达肩上

许多化身，此处的毗湿奴神即化身为矮身的瓦马那（*Vamana*），正在渡过海洋。海洋用几根刻在砖上的曲线波浪代表，线条优美，极具动感。毗湿奴神头戴宝冠，下身围短裙，裙带垂下飘扬，也是配合渡海的动态。毗湿奴神四只手臂，各持法器，左手是金刚杵、海螺，右手是代表生生不息的莲花，以及圆盘状的日轮，象征太阳。

砖砌建筑完成之后，用线条在墙面上勾勒轮廓。喀拉凡寺的浮雕，采取"阳刻"的雕法，也就是剔除去轮廓线以外背景的部分，突显人物的主体地位。

寺殿内部光线较暗，斜射进来的阳光，特别产生了明暗对比的效果，使墙上浮雕的人体肌肉饱满丰腴，动作流畅生动。

毗湿奴神渡海，两脚不平衡的运动，腰部用力的曲线，都有精彩的动态感。脚下波涛汹涌，大神笃定自在，产生极美的画面。

毗湿奴渡海浮雕的对面，墙上浮雕保存得更为完整，连砖雕上敷盖的灰泥都还在。浮雕主题还是毗湿奴神，他头戴宝冠，手持四种法器，蹲坐在神鸟迦鲁达的肩膀上。神鸟做人形，只有小腿部分略微细瘦做鸟爪形。神鸟下身围有羽状垂布，两手后面肩背处生有羽状翅膀，腰部以下至小腿处也都饰有羽毛。神鸟双手上举，仿佛在护卫上面的毗湿奴神。

印度教许多神话演变为民间的仪式舞蹈戏剧，由人扮演的神鸟可能手持羽毛制作的翅膀表演，因此也影响到造型美术以同样的方式表现神鸟。吴哥王朝的浮雕，人物造型多具备戏剧性，这从喀拉凡寺的砖刻可见一斑。

喀拉凡寺除了中央主神殿之外，最北端的一座神殿也保存了精美的浮

体态雍容的吉祥天女，是印度教带来美丽与幸运的女神

雕作品。浮雕主题是毗湿奴神的配偶吉祥天女（*Lakshmi*）。吉祥天女是印度教带来"美丽"与"幸运"的女神，常在毗湿奴神身旁，传入中土，被定名为吉祥天女，也常常出现在佛教美术造型中。

北端的神殿屋顶已经坍塌，光线从上面洒下来，浮雕的凹凸明显，特别可以看出手工刀法的干净利落。站立的吉祥天女大约2米高，上身完全赤裸，体态雍容饱满，腰部以下围有长裙，裙子上端向外翻卷，如同花瓣；裙裾衣褶用工整刀法构成等分下垂的细线，庄严而华美。吉祥天女双脚外张，身体平直站立，手持莲花，略有动作，却华贵雍容，能媲美西方的维纳斯女神。其两旁有单膝蹲跪的侍女，双手合十敬拜，构成完美的一铺三尊的配置。

这一处浮雕特别可以细看人体轮廓四周的刀法。平整的墙，接近身体边缘的刀痕深入，剔除背景，突显肉体的饱满，可以看见吴哥早期雕刻艺术的刚健纯朴。

Ming，这几座坍塌后整修的神殿，不知道为什么使我停留了很久。如此单纯的建筑造型，如此饱满的浮雕人体，大概都可以预见吴哥王朝的文化如旭日东升，将要创造出灿烂的艺术形式了。

CHAPTER 10

为自己死亡做准备的国王?

变
身
塔

印度信仰里有着对肉身眷恋的本质，
相信肉体会在一次又一次的死亡里不断转换形式
我们害怕无常，逃避无常，
然而永恒正是在无常之中……

　　Ming，我无端端走到这里来了。他们叫这里"*Pre Rup*"，通俗的翻译就是"变身塔"。许多观光客听到"变身塔"，不太能猜测到真正的意思。

　　在吴哥旅游，充满译名上的误解。这种误解，当然不是一天造成。19世纪60年代，西方人最初到吴哥，对这个文明一无所知，常常依靠臆测，随便给一座建筑物取名字。最明显的例子就是"女皇宫"（*Banteay Srei*）。

　　1914年左右，法国人在丛林中发现了这处精美小巧的建筑群，因为格局的小巧，建筑装饰得华丽漂亮，特别是门龛里女性雕像的美丽妩媚，法国人便理所当然地认为是古代吴哥王的妃嫔居住的宫殿。以讹传讹，这幢建筑就被定名为"女皇宫"。考古学者找到石碑，依据铭记，确定这群建筑不但不是"皇宫"，也与女性无关，而是一所供高僧隐修的寺院。

　　但是观光文化似乎不关心真相，"女皇宫"这个名字好像更能引人遐思，也更容易渲染传奇，因此一直到现在，大部分中文的旅游书籍都还沿用"女皇宫"的名字。

吴哥文化的研究时间不长，也还充满许多不解的谜。其实最早引起欧洲人寻找吴哥文明的动机，正是元代中国探险家周达观留下的一部重要著作《真腊风土记》。法国学者雷穆沙（*Abel Remusat*）在*1819*年已经将周达观的书译介出来。自然学家亨利·穆奥（*Henri Mouhot*）带着这本书到了东南亚洲，依据这本书的描述，终于在*1860*年找到吴哥城。

周达观一定没有想到，他的一本书可以在后代产生这么大的影响。

周达观的《真腊风土记》是一本冷门书，一位朋友到知名大学去借这本书，告诉我："我竟然是第一个借这本书的人。"事实上，*1296*年周达观写完这本书后，就没有很多阅读者。明、清两代，会去东南亚旅游的人少之又少，吴哥城又已经灭亡。但是，一本书存在着，一本书被出版，一本书被阅读，一个曾经存在的文明就不会消失。

雷穆沙在*1819*年出版的译本，到了*1920*年，法国著名汉学家伯希和（*Paul Pelliot*）依据吴哥遗址的发现，把周达观的《真腊风土记》做了更详尽的校定注释，也使法国读者对吴哥文明的了解有了更好的基础。

在吴哥旅行，遇到法国游客，手上拿着书，安安静静的，阅读与旅游相互搭配，都对增长见识有益，才了解到，原来"观光"也可以不那么肤浅，的确是"读万卷书，行万里路"。

*1296*年周达观写《真腊风土记》的时候，欧洲还在中世纪；*600*年后，物换星移，周达观被亚洲遗忘的时候，欧洲人找到他的书，阅读他的书，重新找到一处震惊世界的古文明。

Ming，许多人觉得吴哥的发现是19世纪的奇迹，事实上，这奇迹的背后只是"阅读"。没有"阅读"，是没有文明奇迹可言的。文明是一脉香火，在少数人之中流传，这少数人有时也不分种族国家。对元代的周达观而言，虽然时空异代，法国的雷穆沙和伯希和应该更是知己。一直到今天，周达观在法国人心目中，似乎也比在华人心目中重要亲切得多。

　　Ming，我希望有一天"女皇宫"的讹名能被改正，观光文化也才有真实历史的基础，摆脱它的肤浅粗糙性质。

　　我把"女皇宫"改用译音的"斑蒂丝蕾"，并不是最好的方法，只是希望去除吴哥文化在观光下的一些讹传。

　　斑蒂丝蕾修建在967年，当时的吴哥国王是罗贞陀罗跋摩二世，他为了感谢国师雅吉那瓦拉哈（*Yajnavaraha*），赐赠给他暹粒河北边的一片土地。雅吉那瓦拉哈是高僧，就把赐赠的土地用来修建寺庙，供僧侣修行者居住静修。

　　罗贞陀罗跋摩二世在吴哥留下许多建筑，他在944年登基，950年前后他修建了周达观记录中"东池"水库上的一个岛庙"东美蓬"（*East Meban*），以及专门供皇室沐浴祈祷净身的"皇家浴池"（*Srah Srang*）；960年由建筑师卡凡德拉立玛塔那（*Kavindrarimathana*）设计了一所佛寺"巴憧"（*Batchum*），这一处建筑已成废墟，但碑铭上留下建筑设计者的名字，也是吴哥城唯一有名字留下的建筑师。

　　961年，已是罗贞陀罗跋摩二世晚年，他修建变身塔。967年修建斑蒂丝蕾，但他已无缘见到建筑的完成，968年他就去世了，斑蒂丝蕾要到西元1000年才完成。

变身塔是这位国王为自己死亡做的准备吗？死亡果真只是"肉身"一次转换吗？

Ming，变身塔的原意是来自印度教信仰的"轮回"吧？

我们其实很少有机会冷静面对自己的肉身存在。印度教信仰里有着对肉身眷恋的本质，相信这个肉体会在一次又一次的死亡里不断转换形式。死亡是无常，我们害怕无常，逃避无常，然而永恒正是在无常之中。

我在吴哥阅读《摩诃婆罗多》、《罗摩衍那》印度两大史诗，看到印度文明反反复复讲的只是无常，无常交织出不可思议的因果，不可思，不可议，所以没有最后的结局，只是应当继续看下去，并不对生命现象下判断。对生命下判断，通常只是人自己的无知自大吧！

国王预知死亡，死亡只是要变化一次身体，在火焰里燃烧的物质——化成黑烟，如何眷恋也留不住什么。印度教信仰相信飞去的黑烟已经在寻找新的身体。

变身塔如今在观光文化中一直还流传着"国王被园丁谋杀"的传奇故事，但是在考古学者的探寻中，至今没有发现这一处建筑和国王死亡任何有关的证据。

我们只是在玄想中创造了另一个故事，而大家好像更愿意相信传奇。

目前能够证明的，只是变身塔是罗贞陀罗跋摩二世建筑的国庙。吴哥国王信仰"神王一体"，因此崇拜天神的庙宇，也就是祀奉自己的宗庙陵寝，从这个意义来看，变身塔也就有国王肉身与天神结合的内涵。

灰泥的雕刻已经精细优美,神龛周围的装饰繁复华丽

一般学者认为修建变身塔时，建筑师卡凡德拉立玛塔那已经去世，但极有可能他留下了规划好的蓝图，也使变身塔保有他的建筑风格。

　　东美蓬岛庙依碑铭题记是建于953年，和变身塔同属一种风格。

　　土砖与岩石的混用还十分明显，红砖表层敷盖灰泥，也沿用10世纪以前的做法。只是灰泥的雕刻已经精细优美，可以处理浑厚写实的神像人体，也可以用来安排繁复华丽的神龛周边装饰，远远看去，几乎和斑蒂丝蕾的风格已经不相上下。石雕的部分多集中在门楣框边，技法显然更精细准确，因陀罗大神骑在三头三鼻的一只神象上，两条巨蛇搅动乳海，浪花翻腾旋转，朵朵如花瓣，可以预见不久之后，斑蒂丝蕾华美石雕风格的出现，两者之间已经非常相似。

　　变身塔是神山造型，最下一层是50米正方的坛基。一层一层台阶向上，陡峻高耸，在最上层的平台上，五座寺塔，四座较小，位于四方，中央一座最高大的塔，象征须弥山。

　　Ming，我在变身塔徘徊，觉得一种矛盾，希望摆脱观光资料中以讹传讹的错误，却又似乎感觉到国王的魂魄停在某处。我看到漫天飞舞的蝴蝶，不知道一个曾经经历权力巅峰的国王，他的身体是否可以如此轻盈飞翔？我又看到路边野花盛放，不知道操握生杀大权的国王，是否知道他自己的生死在谁操控之中？而背负着深重的杀戮罪孽，那沉重的肉体，可以转化变成一朵无忧无虑的美丽花朵，在无常的风中摇曳流转吗？

神仙造型的变身塔，有着国王肉身与天神结合的内涵

CHAPTER 11

形式还原的建筑美学

未完成的
塔高寺

因为意外的原因中止了雕饰，

塔高寺使美归零到只是材料和结构本身。

塔高寺是空白的画布，是一张没有完成五官的面孔，

是天地初始时的寂静……

塔高寺在大吴哥城的东门外，是真腊国王阇耶跋摩五世（*Jayavarman V*，在位*968～1001*【注】）在大约公元*1000*年前后修建的。这个寺庙并没有完成，保留了石块砌建的粗坯形式，还没有雕刻。没有继续修建的原因，说法不一，有人认为是建造中遭雷火击打，朝廷认为是不祥之兆，便放弃了修建。另一种说法是归咎于选择的石块太过坚硬，不适于雕刻，因此只保留了石块砌建的建筑雏形，雕刻的部分没有进行。

无论何种原因，塔高寺在吴哥文化的建筑史上都已成为异常珍贵的资料。

一般说来，吴哥王朝的建筑，因为雕刻装饰极尽华丽繁复，有时会抢夺了建筑本身的结构力量。

建筑和雕刻相互依存，也相互对抗。

欧洲巴洛克（*Baroque*）时期的建筑，附加的雕饰往往繁复缛丽到失

注：阇耶跋摩五世在位期间另有公元968-1000年等说法。

115

去了建筑量体本身的结构之美。

到了新古典主义（*Neoclassicism*）时代，刻意把建筑结构从附加的装饰中重新解放出来。研究希腊罗马古建筑的学者，提供了废墟遗址中的古建筑经岁月剥蚀以后单纯的结构之美。

帕提侬神殿（*Parthenon*）矗立在雅典卫城之上，三角屋楣，正面八根多立克石柱（*Doric Order*），简朴的线条，所有原来附加在建筑上的色彩与雕刻装饰，在两千年间陆续剥落，最后只剩下了建筑结构本身的力量。建筑是在废墟中才显现了它独立的美学。

塔高寺却是因为意外的原因中止了雕饰，使整个建筑保存了结构单纯的力量。

许多裁切方正的石块像积木一样堆砌而上，因为还没有雕刻，那些石块相互依靠承接，显现出建筑结构本身的美感。

塔高寺使我想到20世纪标志性的建筑埃菲尔铁塔（*Eiffel Tower*）。铁塔原来只是世界博览会的通讯塔台，并没有考虑到"装饰"，却正好展现了钢铁本身结构单纯的力度之美。

建筑到了现代，有更多自信，可以不依靠绘画、雕刻，不依靠附加的色彩或装饰，单纯以自身的结构树立起独立自主的美学。

塔高寺意外地产生了一种视觉上的留白。在吴哥文化像织锦刺绣一样繁复的浮雕装饰的建筑经验中，塔高寺独独呈现了粗犷朴素的原始。

"未完成"常常成为世俗人们的遗憾，"未完成"却又常常是艺术创作上发人深省的启示，知道如何适可而止，知道无论如何努力巧夺天工，毕竟最后还有不可思议的天意。

塔高寺提供了吴哥文化建筑本身最好的范例。石块上上下下的堆叠，清楚看到结构的关系。一层一层的坛城形式，石梯扶阶而上，材质和工法单纯而严密。最高处的几座象征须弥山的尖塔也已完成，只是没有雕饰，石块方整沉重的力量，结合出量体的庄严。

吴哥王朝的雕刻，是在建筑量体堆叠完成之后才附凿上去的。雕刻的细线、镂空、旋转弯曲的图案，都一一减轻了原来石块结构的力量，使原来石材的庄严沉重变成轻盈华丽。有了塔高寺，我们可对比出建筑自身的力量，也可以印证雕刻参加进建筑之后美学形式的转换。

塔高寺的石块单纯呈现石块本身的力量。

塔高寺是一种形式的还原。

塔高寺使美归零到只是材料和结构本身。

塔高寺是空白的画布，是未经渲染的纸，是尚未构成旋律的音符，是正在暖身的舞者的身体，是等待被捏塑的泥土，是期待被开发的玉石，是一张没有完成五官的面孔……是天地初始时的寂静，使我静坐而不冥想。

我为寻找美而来，却一无所得。

我只是众多的过客之一吧！

以前看典藏在台北故宫博物院的一张唐朝阎立本的《职贡图卷》，画虽然不是真迹，画中扛着象牙，提着鹦鹉，捧着檀香，赤脚鬊发的朝贡者，络绎于长安大道上，据说，描绘的即是"扶南国"向唐朝进贡的景象。

"扶南"是古名，《隋书》已有《真腊传》，唐代来进贡的"扶南"

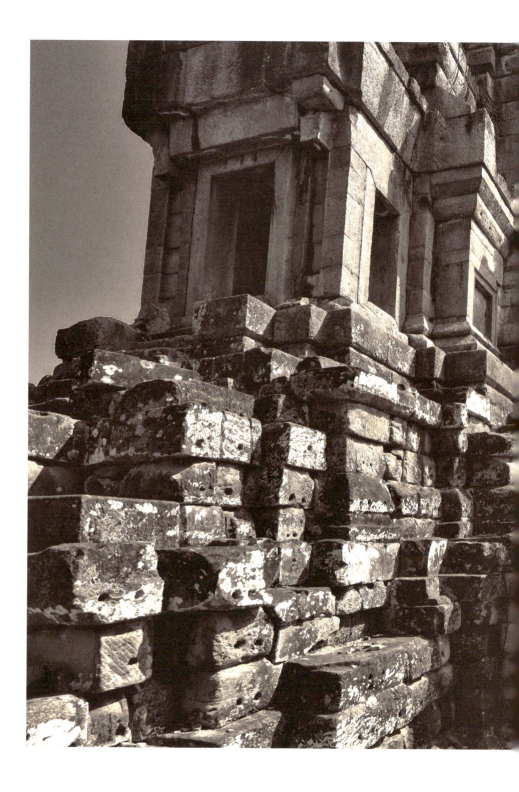

裁切方正的石块像积木一样堆砌而上，单纯展现石块本身的力量

应该是建立吴哥王朝的真腊国使者吧？

真腊吴哥王朝在中国宋、元时代国势达于巅峰，也正是塔高寺修建前后两百年的事。

斑蒂丝蕾建于967年，吴哥寺建于1113至1150年，最后阇耶跋摩七世在1186年为母亲修建塔普伦寺（*Ta Prohm*），1191年为父亲修建卜力坎寺（*Preah Khan*），以及总结了为自己修建的巴扬寺，对整个大吴哥城也做了最后的整修，在四处城门上都树建了自己四面观想的佛陀面容。

公元1296年，中国元朝的成宗皇帝铁穆耳丞思征服真腊，派遣了一个使节团到吴哥做情报搜集的工作。这一场计划中的战争并没有执行，却意外地由当时使节团的领袖周达观留下了一本详尽的《真腊风土记》。

这一部书，几乎是唯一一本对强盛时代吴哥王朝忠实记录的史料。

大约一百年后，在1431年，暹罗族入侵吴哥，屠城之后，发生了瘟疫，吴哥王朝从此覆灭，整个吴哥城被遗弃在荒烟蔓草间长达四百多年。

欧洲的传教士在17世纪前后陆续有对吴哥文化的报道，周达观的《真腊风土记》被译为法文、英文，成为探险者寻索古文明的重要蓝图。

18世纪欧洲海洋霸权向全世界扩张，四处争夺殖民地，探险家对异域的好奇和军事征服同步进行。1858年法国自然学家亨利·穆奥深入热带丛林，"发现"了吴哥城，1861年他的探险报告在欧洲引起轰动，1863年法国的海军即进入吴哥，柬埔寨被强迫成为法国殖民地。

亨利·穆奥所谓的"发现"吴哥，已常被检讨殖民主义的学者所批判。吴哥城一直存在，也一直有当地的人民在其中生活，甚至较早到此地传教的耶稣

塔高寺以自身的建筑结构，独独呈现了朴素粗犷的原始

会教士也尊重当地文化的独立性，并未夸张白种人的"发现"。

四百年间，倒是树木迅速地生长蔓延，原来盛世时代的城市规模，逐渐被热带快速成长的雨林植物蚕食渗透。一粒种子掉进石块的隙缝，慢慢发了芽，向下寻找水源的根茎到处流窜，向上寻找阳光日照的枝叶壮大扶疏，石块被撑裂了，齐整的结构松动了、坍塌了，甚至被强大有力的枝干举起。雕刻在石块上的女神身体也随着石块的崩解而错离开来，她们原来优雅和缓的舞蹈姿态变得扭曲或荒谬。苔痕斑点覆盖在她们的脸上、手臂上、胸脯上，她们好像隐褪在丛林间，她们的肉体和植物的肉体纠缠在一起，无法分开，好像生生世世，彼此互相依存着。

石块和树根，女神和藤蔓，艺术和岁月，雕刻和时间，变成不可分离的共生者。

雕刻在石块上的女神身体随着石块的崩解错离开来

CHAPTER 12

美的唤醒与遗忘

塔普伦寺

我用手掌紧贴在浮雕女神的肉体上，感觉到石块下的呼吸、脉动、体温，感觉到长达数百年在荒烟蔓草中不曾消失的对人世的牵挂与不舍……

我坐在塔普伦寺阶前，四周一片荒烟蔓草，建筑也多剩下断垣残壁。

我在思索"美"的原因，却一无所得。

塔普伦寺是古真腊吴哥王朝的国王阇耶跋摩七世为他母亲修建的寺院。

据说，释迦牟尼在悟道之后，第一件做的事即是上忉利天为亡母说法。印度许多佛教圣地还保有这个传说的雕刻。一对佛足印自忉利天上下来，踏在阶梯上，好像完成了一件重大心愿，显得特别安宁祥和。

阇耶跋摩七世统治真腊的时间在公元1181到1219年，他即位时大约已过五十岁，在1186年为了纪念母亲，即着手建塔普伦寺。

今日被称为柬埔寨的这个国家，最早在中国史书上的名字是"吉蔑"（Kymer），和今日译为"高棉"的音一致。

5世纪左右，中国的三国时代，吴国的孙权对经略南方海洋有兴趣，曾经派朱应、康泰二人出使"扶南"。扶南也是柬埔寨的旧称。

塔普伦寺令人印象深刻的树根与建筑的紧密结合

史书上记载，扶南王范旃曾遣使者向东吴奉献琉璃，也曾派遣扶南乐工入朝。或许，扶南音乐已融入中土，曾为中国古乐的一部分。

南朝时代，扶南许多佛教高僧到中国传法。像僧迦婆罗（Samghavarman），公元506年在南京见梁武帝，到524年逝世，一生译经11部、48卷，对佛法的传译贡献甚大。

6世纪，扶南王国被北方的民族所灭，改名"真腊"，《隋书》中已有《真腊传》。由唐入宋，真腊成为东南亚最强大的王朝。阇耶跋摩七世统治的时代，曾经打败入侵的占婆人（Cham），真腊王朝的国势达于鼎盛。

人间现世的繁华荣耀，使阇耶跋摩七世想起逝去的母亲吗？

我在塔普伦寺徘徊流连，思想一个君王的心事。

真腊王朝的宗教信仰以印度教为主，很多寺庙中供奉湿婆，既是创造，又是毁灭。湿婆和妻子乌玛（Uma）骑坐在名叫"难敌"（Nandi）的牛背上，面容看起来充满了瞋怒威吓。

生命并不平静，生命中混搅着哭声与笑声，混搅着善良与邪恶，明亮与黑暗，上升与沉沦……

印度教的图像直接抒写人性的多样状态，善与恶，无关好与坏，只是互相牵制平衡的力量。

走进大吴哥域，每一个城门入口都有54尊石像，左右各27尊，分列两侧。一边是慈善的力量，一边是邪恶的力量；一边是神，一边是魔。它们像拔河一样，双手紧紧抓着一条粗壮的蛇身。蛇身静止不动，蛇头高高昂起，一共有七个头，狞厉威猛地张望人间。

透过残窗窥见一个君王的心事

这蛇的名字叫"*Naga*"。印度教相信：善与恶的力量都抓住了*Naga*，于是混沌的乳汁之海翻腾搅动，海浪波涛掀天动地，从一朵一朵的浪花中诞生了万物，诞生了舞动着丰腴肉体的女神"阿普莎拉"（*Apsara*）。

阿普莎拉扭动着腰肢，脸上带着浅浅的微笑，坦露着丰硕饱满的乳房，纤细的手指拈着新绽放的鲜花，摇摆款款而来……

她们无所不在，在回廊深处的列柱上，在壁角转弯的黝暗里，被青苔覆盖了脸，数百年岁月风化，斑驳了，漫漶了。而那浅浅的微笑仍在，被清晨黎明淡淡的阳光照亮。

她们款款而来，不同的微笑，不同的眼波流转，不同的手指与手肘的动作，不同的脚步，仿佛手臂上的银镯、脚踝上的金铃都颤动起来，是一串金银相互撞碰的细脆轻盈的声音。

她们是在翻腾着善恶的乳汁之海中诞生的肉体，她们充满了生活的渴望。隔着数百年兴亡沧桑，她们仍然如此热烈，要从静静的石墙上走下来，走进这热闹腾腾的人世红尘。

石墙上，浅浅的浮雕蔓延成像织锦一样的花纹图案，迷离繁复，女神便一一从那梦一般的织锦上走出。只有在这里，石雕可以被处理成织锦刺绣一样的繁琐细腻，仿佛热带的藤蔓茑萝无休无止地缠绕勾连。

工匠在织锦图案的底层上，用比较深雕的方式突显女神饱满热烈的胴体，热带的日光从不同角度照射在胴体上，受光面和背光面的凹凸变化使那些丰腴的肉体一一复活了，有了人间的温度。

我用手掌紧贴在那肉体上，感觉到石块下的呼吸、脉动、体温，感觉

千姿百态的阿普莎拉

到长达数百年在荒烟蔓草中不曾消失的对人世的牵挂与不舍。

美深藏在何处？——被唤醒了。

我在无止境的女神的列柱间行走，走来，被迎接，走去，——回首告别。

她们是这些寺庙和宫殿的秩序，因为她们的无所不在，走在此生和来世，就有了向往，也有了未了的心愿。

我们也许是活在不断的向往和遗憾之间吧！

乳汁之海翻腾不息，有了一朵一朵如花的女神踊跃舞蹈，也有罪恶、残杀、贪婪、无休止的痛苦的哀号。

战争与屠杀，显然在这个曾经一度繁华的城市连续不断地发生。

公元1431年，暹罗人入侵，据说屠杀了上百万人，黄金财宝被劫掠一空，腐烂的尸体在湿热的丛林化成疠疫，人们接二连三逃亡，城市被遗弃在血腥和腐臭之间。数百年间，树木藤蔓纠葛，城市被丛林掩没了。

吴哥寺石墙上有长达800米的浮雕，都在描写战争。天上诸神为抢夺长

塔普伦寺门上的装饰

生之药的争战不断，人世间一样厮杀混战，只看到人仰马翻，弓矢刀戟遍布，胜利者耀武扬威，战败者身首离异，在地上被象马践踏。

我听不到石墙里呻吟、哀叫的哭声……

美丽的浮雕使惨绝人寰的景象变成有趣的画面，屠杀和痛苦看起来也像舞蹈或戏剧。

美，像是记忆，又像是遗忘……

我的旅程是为了美而来的吗？

我走出寺庙，蜂拥而来的乞讨者，缺手缺脚，有的五官被毁，面目模糊。他们是这土地上新近战争的受难者，在田地工作，误触了地雷，手脚残废，五官烧毁，但仍庆幸着自己没有送命，仍然可以拖着残毁的身体努力认真地生活下去。

我是为了寻找美而来的吗？

乳汁之海仍然掀天动地，那些肢体面目残毁的众生脸上，泪水和浅浅的微笑同时在这土地上流动。

苔痕覆盖，枝干纠缠，塔普伦寺已剩残垣断壁

第四部

城北与
东北郊

坐在一尊残毁的古代吴哥的佛像下，

佛像仍然低垂眼帘，闭目冥想沉思，嘴角微微浅笑，

不知道是深情、还是无情，不知道是悲悯、还是讥讽，

不知道是领悟，或是早已遗忘了人间。

CHAPTER 13

最谦卑的信仰与沐浴仪式空间

涅槃 / 龙蟠

当地人至今仍传说，"龙蟠"池水可以治病，巫医祈祷后，在水池中捣焖药草，经由狮、象、牛、马口中流出，病患服食或沐浴，是医疗与祈福的汤池……

吴哥城有一处所，原名是 *Neak Pean*，目前多被俗译为"涅槃宫"。"涅槃"在佛教教义中有特定的意义，容易使人产生误解。

Neak Pean 真正的意思应该是"两条蛇的盘踞"。东方古老的神话常常"龙""蛇"不分，都叫 *Naga*，因此 *Neak Pean* 也许译为"龙蟠"更为恰当。

"龙蟠"，整个建筑布局的中心是一个直径 *14* 米的圆形基台。基台浮于水池上，像一个孤立的岛。台基分七层，逐渐向中心点缩小，有点像北京的"天坛"。

"坛"是最基本的祭祀仪式空间。所有人类与宗教祭祀有关的空间，基本上都从"坛"发展而来。儒、佛、道都有登坛做法的仪式。即使埃及的金字塔，原来也是由三四层阶梯构成的平台，叫 *Mastaba*，和马雅中南美古文明的祭坛形式相似。

"天坛"保有了"坛"最基本的仪式本质。"坛"上空无一物,明白地告示了"坛"只是人为的标示。祭祀的主体是"天"。"天"不可见,"天"不可模拟,"天"只能以人类不可知、不可局限的状态存在。

　　Ming,我想起某一个方破晓的清晨,走过北京空无一人的天坛,我登上台阶,渴望看到什么。渴望看到"天"吧!但是"坛"上什么都没有,"坛"上只是"天","天"只是浩大寂静无言无语无碍无形不可见也不可思议的宇宙。

　　我想象数百年来,无数个破晓之前,无数个代表人间的"天之子",行走过这里,他是人间的君王,但是在这个"坛"上,他却只有谦卑。

　　"坛"是不是人类最谦卑的建筑空间?

　　"龙蟠"的尺度比北京"天坛"小很多。*14*米直径的圆形平坛,坐落在两条蛇交尾的底座上,也就是"*Neak Pean*"这个名字的由来。两条蛇的头部昂起,朝正东方,身体盘曲成底座,尾巴朝正西方。

　　圆坛浮于水面,像一个孤岛。事实上这个岛有引道通向正东方,从昂起的蛇头向东,一条引道连接水池的外缘。引道上有一匹石雕的马踏水而来,正好与昂起的蛇头呼应。

　　佛经中传说海上商人遇难,菩萨化身为马"*Balaha*",把受难者从水面驮起。这尊飞马救难石雕,历经八百年岁月,已残破不全,但马身前后两侧都还攀附着获救的人体,双脚弯曲腾空,从水面升起。飞马奔向圆坛,圆坛中心是一座小寺塔,是整个建筑布局中心的中心。

　　灾难使人类谦卑,灾难使人类期望拯救,拯救使人们走向信仰。

飞马救难石雕

　　"龙蟠"一处是吴哥城最没有建筑物的地方，但是它的布局却含蕴着最纯粹的信仰空间仪式性的意义。

　　"龙蟠"游客不多，这里没有赏心悦目的华丽建筑和雕刻，这里只是平面展开的空间布局，和北京"天坛"相似。"龙蟠"的建筑设计主体不是"建筑"，而是"空间"；不是"有"，而是"无"。

　　"龙蟠"建于12世纪末至13世纪初，首创者也是修建巴扬寺的阇耶跋摩七世。从印度教信仰转为大乘佛学，这位统治者带给吴哥文化许多内省的精神，审美上内敛静定，在原有的肃穆严整里加入了宽恕和包容的气度，使吴哥美学达于巅峰。

　　Ming，"龙蟠"一片平坦，没有高耸的建筑。被树林环绕，不容易被发现。我从东边的引道走进，眼前是干涸的水池。如果我急迫于观光，如果我急迫于看到炫目的建筑或雕刻，这残败荒芜几乎一无所有的所在，也许会令我大失所望吧！

通往龙蟠的路

我在水池间徘徊，每一个水池都是正方形。水池用石砌，池缘高出地面不多，水池内缘却有石阶，可以走进水池。吴哥的水池、护城河都是建筑规划里非常重要的部分，凡和水有关的周边，都有可以下到水中的石阶。热带地区，沐浴是生活里重要的仪式，至今在柬埔寨各处，仍然可见男男女女水中沐浴净身，儿童裸体跳跃于盛放的莲花莲叶间，仍然像一则神话。

"龙蟠"正是由五个正方水池构成的布局。中央一个最大的水池有70米见方。直径14米的圆坛如池中之岛，就坐落在大水池的中央。大水池象征印度古老神话里喜马拉雅山上的圣湖"Anavatapta"。圣湖之水源源不绝地流成四条大河，"龙蟠"中央大水池的水也源源不绝地流向围绕在东西南北四方的四个水池。四个水池都是25米见方，护卫在中央大水池的四方，仿佛孩子与母亲的关系，仿佛一朵绽放的莲花，仿佛把"水"布局成宇宙的空间。

"水"是生命之源，"水"是诞生，"水"是清洗，"水"是治疗与痊愈，"水"是祝福，也是安慰。

曾经有多少人在这些水池里沐浴？

13世纪来到吴哥的元朝特使周达观也来过这里，那时水池没有干涸，那时雕像都以金铜装饰，辉煌灿烂。他在《真腊风土记》里称"龙蟠"为"北池"："北池在城北五里，中有金方塔一座，石屋数间，金狮子、金佛、铜象、铜牛、铜马之属皆有之。"

周达观说的"金方塔"还在圆坛孤岛上，只是"金"已剥落无存，只剩残砖断瓦而已。寺塔门龛上仍残留菩萨立像，可以想见当年彩饰金箔的华丽盛况。

狮、象、牛、马四座雕像，事实上是由中央大池流水入四方小池的吐水口。南池是狮子，西池是马，北池是象，只有东池牛头不知何时已改为人的头像，张口做吐水状。

　　当地人至今仍传说"龙蟠"池水可以治病，巫医祈祷后，在水池中捣焖药草，经由狮、象、牛、马口中流出，病患借此服食或沐浴。甚至有人传说，不同的四个水池各自有不同的疗效，或许如同今日医院的分科吧！

　　所以"龙蟠"是寺庙吗？或是兼具医疗与祈福的沐浴汤池？

　　肉体的病痛苦楚把人带到信仰的所在。数百年来，那些呻吟哀号的病苦者，那些匍匐攀爬而来的残疾者，那些麻风遍体脓疮的疠疫病患，他们浸泡沐浴在这些水池里，祈求肉体痊愈，也祈求心灵无恐惧惊慌。"龙蟠"使医药科学和宗教信仰合而为一，简单纯粹成一个沐浴的仪式空间。

　　Ming，我想象自己在废墟里沐浴，我想象自己是在千万病痛者中祈求痊愈和平静的一人。我坐在看来干涸的水池边缘，看飞马扬波而起，从水里拯救起濒死的溺者。我看到寺塔门龛上犹自站立的菩萨，看着数百年的岁月过去，看着人世间不曾改变的病苦、战争、各式各样的惊惧恐慌，颠倒梦想。这个看来残败荒废的所在，这个饱含着信仰意义的空间，却使我徘徊不去。

　　水池或许并未干涸，苦难使泪水汩汩泉涌，也就是沐浴的开始吧！

　　沐浴之后，可以"不惊、不怖、不畏"……

龙蟠水池

CHAPTER 14

玲珑剔透的石雕艺术极致

斑蒂丝蕾

斑蒂丝蕾的石雕图案，像波斯的织毯，
像中国的丝绣，像中古欧洲大教堂的玻璃花窗，
像闪动的火焰，像舒卷的藤蔓，
像一次无法再记起的迷离错综的梦……

吴哥王朝的早期遗址废墟中不少砖砌的寺庙，用红砖砌建，建好以后，由雕花工匠在上面做精细的雕刻。罗洛斯的普力科寺建于公元880年，因陀罗跋摩一世为先祖所修，是早期红砖风格的代表。建筑实体用砖砌，但门柱、门框、门楣、神像及阶梯……都已改为石雕。

砖雕的传统经验，使吴哥的雕刻艺术发展出独特的风格。在埃及，大多用完整的一块巨石来雕刻，产生量体浑厚坚实的力量。吴哥的雕刻是用砖块拼接成的量体，在上面雕刻时，图像被不同的量体分担，有点像拼图，使人觉得这样的雕刻只是暂时的聚合，一旦岁月久远，量体与量体之间开始松动脱离，分崩或离析，雕刻便产生在时间中崩毁的奇特力量。

巴孔寺建于公元881年，是目前所知吴哥王朝第一座用砂岩石块代替红砖的寺庙。事实上，巴孔寺的顶端舍利塔，仍然保留了传统砖造的形式。大约在10世纪左右，岩石和红砖还同时并存。

由砖到砂岩，材料的改变，仍然使吴哥王朝的建筑保存了以块状量体堆叠砌建的方式。把砂岩裁切成块状来磊叠出寺塔，再由工匠在上面雕刻。

　　砖雕或木雕往往都可以做到非常繁复细密的花纹图案。吴哥王朝到了用砂岩为材料的时代，仍然延续着砖雕的风格，产生了石雕艺术中少有的精细之作，几乎是以纺织刺绣的工法在做石雕，令人叹为观止。

　　石雕艺术的极致精美，表现在10世纪中期的"斑蒂丝蕾"（Banteay Srei）。这座俗译为"女皇宫"的建筑，修建于公元967年，距离由砖造改为砂岩的巴孔寺已将近一百年，砖雕无微不至的细密繁复却已转化成不可思议的石雕工法了。

　　斑蒂丝蕾的建筑比一般神殿山的寺庙要平缓低矮许多，没有陡直峻伟、令人眩晕的高度，而以十分亲近人的尺度布置成温暖的空间院落。它或许是国王赐给退隐高僧的静修之所，格外有一种谦逊宁静。

　　斑蒂丝蕾选择一种含玫瑰红色的细质砂岩，在阳光照射下，反映出石质中浅浅的粉红色泽。

　　斑蒂丝蕾以极尽奢华的方式装饰门楣上的雕花。许多门框的高度只有108厘米，宽度30厘米，几乎没有实际的功能，似乎只是为了装饰而存在。门，不再只是建筑上一种实用的空间；门，仿佛是无比华丽庄严的象征。

　　门楣的顶端置放着诸神。湿婆神拥抱着妻子坐在五重山上，恶魔拉伐那幻化出无数个头颅和手臂，大地震动，猴子与狮、象躲避奔跑，神鸟向四面飞翔。这是开启向诸神世界的天国之门。门楣上攀着图案华丽的龙蛇，混沌的乳海被搅动，掀起波浪。波浪如花瓣，向内旋转。因陀罗神右

斑蒂丝蕾以极尽奢华的方式装饰门楣上的雕花

湿婆神拥抱妻子坐在五重山，恶魔拉伐那幻化出无数手臂和头颅

因陀罗

手持金刚杵，骑在三个头的大象身上，红色的砂岩雕成镂空的浪花，浪花一重一重，向上溅迸、升起。

这种繁复的雕工，使人忘了这是砂岩上的雕刻。这是织锦，是一根一根细致纤维的穿梭编织，吴哥王朝的工匠却在坚硬的石头上完成了。

美，也许是一种难度的挑战吧！

斑蒂丝蕾的石雕繁复却毫不琐碎。每一道门楣上的雕花都像女子头上的花冠，要如此不厌其烦地去重复，要刻意加重强调这是通往诸神世界的门，这是华丽的女神之门。

斑蒂丝蕾的图案像波斯的织毯，像中国的丝绣，像中古欧洲大教堂的玻璃花窗，像闪动的火焰，像舒卷的藤蔓，像一次无法再记起的迷离错综的梦。

斑蒂丝蕾像握在手中的一粒镂空细雕的象牙球，一个玲珑剔透的石雕艺术的极致。

19世纪末，强大的法国殖民了柬埔寨，他们把亚洲视为野蛮无文明的地区，侵略压迫，掠夺财物。然而，知识分子看到了吴哥，看到了斑蒂丝蕾女神脸上的微笑，他们震惊了，这样美的文明，会是"野蛮人"可能制作出的作品吗？有人爱到疯狂，竟然偷盗了几件女神雕像，成为当时轰动国际的大事，而其中一人甚至竟是戴高乐执政时法国的文化部长。

斑蒂丝蕾的女神一直微笑着，无视野蛮，也无视文明。

我坐着，忽然似乎记起什么……

或许，我曾经是这里的一名工匠，被分配到一块不大的门楣上做细雕的工作。

我依照传统的花样打了底稿，细细描绘在石块表面上。我无思无想，好几个月只是做着磨平的工作，使还不平整的砂岩细如女子的皮肤，在日光下映照出浅浅粉红的色泽。我无思无想，用手指头轻轻抚触那肌肤的莹润光滑，细如油脂，在我抚触过的地方，都渗透出肉色的痕迹。那些描绘的墨线像肉体上用细针刺的纹身；我无思无想，不能确定那些细致的纹身是在石块上，或已是我自己身上再也擦拭不去的美丽痕迹了。

夏日炙热的阳光使一切静止，连树上的鸟雀、草丛中的小虫都停止了鸣叫。

女神们刚刚沐浴归来，裸露着上身。她们饱满的乳房如同熟透丰硕的果实，她们的腰肢圆润如修长轻盈的树干，在风中缓缓摇摆。她们的颈项上戴着黄金的璎珞，手臂上箍着金钏。她们缓缓走来，下身围着细棉布的长裙，腰胯上垂着珠宝镶饰的沉甸甸的腰带。她们赤足踩踏过石板的引道，足踝上的脚镯轻轻碰撞出声音。她们全身散放着新沐浴后河水清凉的气息，莲花的气息，夏日午后肉体成熟的气息。她们顾盼自己的身影，手

猴子石雕

中拈着莲花的蓓蕾，仿佛在寻找歇息的位置。

她们看到石壁间刚雕好的神龛，看到神龛四周装饰着如蔓草一般弯曲旋转的浪花，看到神龛上浪花升起如火焰。她们斟酌思量，看到神龛下已经有了台座，她们便不再犹疑，提一提裙裾，站上台座，决定那是她永世驻足的所在。

我只是一名曾经在这里工作过的工匠。在那懵懂的夏日午后，我睡梦间恍惚见到了她们一一缓步走来，走进我雕好的神龛，静定站立着，露着浅浅的微笑。她们知道这一次睡梦可能长达千年，再醒来时，我还会再来，在众多游客间走过，把她不慎遗落在石壁下的花拾起。

空中没有一点声音，她们驻足在我心灵的神龛里，无论岁月侵蚀，她们都不再离去了。

我额头的汗静静滴落在她们身上，晕染成浅粉色的肉体上一片淡淡的痕迹。

我停止了工作，放下手中的锤斧，放下凿刀，一朵花自空中飞落，掉落在我刚刚磨平润饰过的石板上。映照着日光，花瓣四周有浅浅的光影，每片花瓣的舒卷伸展也都衬着浅浅的光影。我无思无想，只是呆呆凝视这一朵面前的落花。我拿起凿刀，轻轻依照花的形状雕刻了起来。

我知道自己曾经在这里工作过，所以又回来了。我拨开蔓生的树根，擦掉青苔，在斑驳的石壁上那朵花就显现在我手指的抚触间，使我再次回到那久远以前的夏日午后。

你要学雕刻的技巧，需要一块质地坚硬细密的石块，需要有好体力，

石雕的窗

需要有精良的斧凿刀锤等工具。你也需要一名好师父，教你初步入门的技法。但是，别忘了，有一天，在不可知的某个夏日午后，不可知的一朵花的坠落，使你失了神，使你忘了雕刻，却从心里记起了美，你便有幸知道，美是多么愉快欣喜的领悟。

那一朵花不知何时坠落？

斑蒂丝蕾的图案像波斯的织毯，像中国的丝绣，像中古欧洲大教堂的玻璃花窗

CHAPTER 15

一条生命源源不绝的大河

科巴斯宾山
与千阳河

在清澈水流缓缓流过的底下，
一幅幅仿佛具体又仿佛抽象的
阴阳生殖的图画，随着水波荡漾，
使人相信生命真的从此传延……

　　这是第三次到吴哥了。

　　记得第一次来是 *1996* 年，那时候柬埔寨内战刚结束不久，很少有国外观光客。在战争期间，吴哥是各派游击军队抢占的地方，因此地下埋藏了密密麻麻的地雷。据说，短期占领的军队，都在吴哥周边布置地雷，之后，这个军队移防，或被歼灭了，埋藏在地下的地雷所在的位置，也都没有人知道了。长达近 *50* 年的内战，一批一批军队来了又走了，吴哥城的地下也就埋藏了无数无人知道位置的地雷。

　　内战结束，地下遍布的地雷变成吴哥城棘手的问题。一般的百姓上山工作，或到湖边捕鱼，甚至小孩子在树林间里玩耍，随时都可能碰到地雷，炸到面目全非，肢体残断，血肉模糊。

　　你记得吗？我们走在街上，一下子就蜂拥而来数十名残障的乞丐，断腿的，断脚的，瞎眼或面目烧毁的，有男人女子，最使人不忍心看的是才两三岁的幼童，赤裸着身体，拖着下半身残缺的肢体，在地上攀爬，乞求一点施舍。

我是在那么多众生现世受苦的不忍里，第一次看到了吴哥城的庄严慈悲。

Ming，你那时接受一位荷兰朋友的委托，正在金边（*Phnom Penh*）负责战后一些残障孤儿的肢体复健工作。在很简陋的木板搭的棚子下，你每天带领一些儿童做肢体的练习。你尝试让在战争中因为太大的惊骇而对人失去信任的孩子，可以重新愿意接触人。我坐在一旁，看到他们一日一日，从彼此害怕、彼此防范、彼此攻击，慢慢地，开始可以让人靠近，愿意让你握住他们的手，让你抚摸他们的头发，让你俯在他们的耳边轻声说话，让你用手紧紧拥抱他们；我们离开金边的时候，他们甚至在你的带领下能够开始手舞足蹈，开始咿咿呀呀地唱起歌来了。

我们从金边飞到吴哥，好像无心观看伟大的艺术，只看到满街像昆虫一样匍匐求乞的残障和战争孤儿。坐在一尊残毁的古代吴哥的佛像下，佛像仍然低垂眼帘，闭目冥想沉思，嘴角微微浅笑，不知道是深情、还是无情，不知道是悲悯、还是讥讽，不知道是领悟，或是早已遗忘了人间。

我第二次来吴哥已经是在*2002*年年底，这里的情况改善了许多。在联合国组织的筹划下，许多国家的人道救援机构设立，一所以阇耶跋摩七世命名的医院，收容了*16*岁以下的儿童和青少年，由各国医护人员协助，无条件照顾医治病患。

那一次我才感觉到可以比较安心地去游览吴哥伟大的艺术和建筑。

Ming，还记不记得吴哥城里有一条暹粒河？这条河南北贯穿今天的暹粒

市，河不宽，我们去的时候又是干旱季节，对这条河大多没有深刻的印象。

但是，在吴哥城游览，一定会发现，古代吴哥王朝所有的建筑，包括神庙、宫殿和帝王陵寝，没有例外，在建筑体的外围都有非常壮观的护城河。著名的吴哥寺，外围的护城河宽度竟然达到190米。

这些护城河的水源当然从暹粒河引来，在长达半年的雨季，豪雨可以使洞里萨湖（*Tonle Sap*）的湖水面积增加三至四倍，暹粒河的河水就由这些用人工开凿的护城河的空间来缓解水的泛滥。

这一次来，我特别了解了，一个世界上使后人尊敬的文明，如何建立与自然的关系，如何与自然生态和平相处，如何尊重自然，不与自然为敌。

电视里传来我们的故乡因为豪雨引起泥石流的讯息，许多家园滑落到溪谷，许多居民无家可归。我们曾经善待我们的河流吗？短浅的眼光，只看到暂时的一点利益，何曾有长久的永续的生态观念。

我听说暹粒河发源于科巴斯宾山，在20世纪60年代，欧洲的考古学家发现了河床上的浮雕，似乎是吴哥王朝最早的艺术作品之一，但因为交通不方便，至今仍然不太为外人所知。我一方面想探河流源头，另一方面想看看浮雕，就特别安排了一次到科巴斯宾山的行程。

科巴斯宾山在暹粒城北端，要经过著名的"斑蒂丝蕾"，完全是泥土路，黄沙飞尘，一路颠簸，好像船在大浪中。过了斑蒂丝蕾，路况更坏，但已能远远眺望到科巴斯宾山了。

科巴斯宾山并不高，不到1000米，但是整座山是石体结构，巨大的岩石一块一块，使不高的山显出了气势。古代的吴哥王朝，建筑和雕刻的石

水中优尼浮雕

材也都采自这里，科巴斯宾山和吴哥文明的关系自然十分密切。

车子到了山下，带了水和简单食物，开始步行登山。

热带的丛林，树木高大，枝叶繁荣茂密，行走在树荫下的小径，虽然
还是微微出汗，却有山风水声一路相随，不觉燥热。

沿路的水流，因为是干季，都不浩大汹涌，涓涓滴滴，在山谷石隙间
潺潺流去，也不太能想象，这就是缔造吴哥王朝文明辉煌成就的暹粒河的
源头。

大约步行一小时，到了山的高处，小径更窄，溪谷间的巨石块块磊
磊，水流在巨石间成急湍、瀑布，溪谷间开阔，可以踏着巨石，从此岸走
到彼岸。

Ming，我在巨石间看到了浮雕，也许因为数百年来被水冲刷侵蚀，看
起来有些漫漶，但依然可以辨认出是吴哥王朝信仰里最重要的大神毗湿奴
的形象，四只手臂，各持不同的法器：日轮、莲花、海螺和剑。

毗湿奴浮雕的四周，一个一个球形浮雕布满在河床上（摄影：廖珮晴）

　　毗湿奴是万物生长的护佑者，也是生殖之神。它常常徜徉水中，把生命散布到四方。

　　把神像雕刻在水源高处的山巅上，似乎不是为了供人瞻仰膜拜。这一处古代浮雕很晚才被西方学者发现，更说明地处偏僻的地区，一般人不太会造访。

　　Ming，我在毗湿奴神的四周看到了奇异的景象，巨石上出现一个一个圆球形的浮雕，大大小小，高高低低，错错落落，布满在河床的岩石上。

　　在大多数吴哥王朝的神庙中，都有一巨石雕成的男性生殖器的阳具造型，通常是近1米高的一根圆形柱石，叫做"林珈"。偶然还看到当地男子在庙中双手抚摸柱石顶端，虔诚祈祷。

　　"林珈"常常插设在一个方形的石雕底座上，方形台座象征女性生殖的女阴造型，叫做"优尼"。"优尼"一端开口，正像子宫的产道。

　　在山谷的巨石间走着，果然发现一具一具的圆形阳具石雕常常被设置在方形的女阴象征中，女阴造型一端也都有一个像产道的开口。

　　整条河流的河床石上都刻满了阳具与女阴的生殖符号，借由河水的冲荡，仿佛祝福着这生命的源头汩汩不断，流入人间，流入大城，护佑着人世的繁荣昌盛。

　　Ming，我在一些浅水处，看到在清澈水流缓缓流过的底下，一幅幅具体又仿佛抽象的阴阳生殖的图画，随着水波荡漾，使人相信生命真的从此传延。

　　居住在河流下游的世世代代的人民，也许未必知道他们饮用的水，他们沐浴的水，他们用来灌溉的水，都已有了神的祝福吧！

　　这条河流的上源，因为发现了生殖符号的雕刻，已逐渐被西方人称为"千阳河"。

　　从这条河流开始，有了一个城市的繁荣；从这条河流开始，也才有了一个文明的源远流长吧！

巨石上的大神毗湿奴，他是生殖之神（摄影：廖珮晴）

第五部

罗洛斯遗址

THE BEAUTY OF ANGKOR | Part 5

从砖造到石质结构，从灰泥壁雕到砂岩石雕，
从六座寺塔不规则的排列，
到神殿山建筑精准比例的完成，
从罗洛斯遗址的草创，到吴哥寺令人惊叹的形式美，
吴哥文化的递变过程，必须到了罗洛斯才能充分了解。

CHAPTER 16

与水共生、崇敬东方

普力科寺

相对于吴哥城的华丽伟大，
罗洛斯遗址的普力科寺显得朴素简单，
但是我在其间徘徊，感觉到一种开国的庄严……

吴哥是一座王城，经过一千年，在热带丛林里淹没成一片废墟，但是当年城市的布局还清晰可见。谈到吴哥城的建设，常常被提到的是在12世纪末统治吴哥王朝的阇耶跋摩七世，但是事实上第一位选择吴哥作为国都的却是耶轮跋摩一世。他统治吴哥的时间是公元889到908年。他在公元889年即位为王的时候，国都还不在今天位于暹粒的吴哥，而是在暹粒城东南方13公里处的诃里诃罗洛耶（*Hariharalaya*），也就是现在被考古学家命名为罗洛斯遗址的一片废墟，其中包括了著名的巴孔寺、普力科寺和洛雷寺三处重要的建筑群，是了解9世纪前吴哥王朝文化最重要的历史遗迹。

如果吴哥城是令人怀旧凭吊的废墟，罗洛斯遗址则更是废墟中的废墟了。

Ming，我今天出暹粒城了。车子向东南方不久，城市热闹繁荣的市集人潮都不见了。四周是一片灌木杂草丛生的原野，两旁大片平旷开阔的土

地，看起来非常肥沃，但少见有人耕作。车子开在黄土路上，沙尘滚滚。

十一月到隔年三月是柬埔寨的干季，不太有雨，观光客多选择在这段时间游览吴哥。干旱而又不那么炎热，对观光而言，当然是最好的季节。但是，却也看不到东南亚洲热带雨林夏日暴雨滂沱的壮观景象，也很难了解古代吴哥王朝在水利工程设计上特有的成就。事实上，吴哥城的建筑，处处都显示着整个城市规划和水的利用与疏导有密切的关系。

以罗洛斯遗址年代最早的普力科寺来看，寺庙四周都有护城的宽阔壕沟环绕。这座寺庙，是因陀罗跋摩一世在罗洛斯河畔建都以后修筑的第一座寺庙。护城壕沟长500米、宽400米，像一个大水库，方方正正，把普力科寺防卫得非常严密。

如今这些壕沟多已干涸，尤其在干季，看不出从罗洛斯河引水修筑人工沟渠的浩大工程，也无从了解这些水利设计在防卫、运输、灌溉、疏浚，甚至宗教沐浴……各方面的用途。但是，考古学者从这样规模的护城河设计来推断，很可能普力科寺不只是一座单纯的庙宇，同时也极有可能就是当时皇家宫殿所在的位置，只是到目前为止，宫殿的遗迹尚未发现。

吴哥王朝的传统，只有祀奉神明的庙宇可以用砖石材料，一般人间的住宅，从帝王大臣到平民百姓，都以木材构造，因此历经上千年，木质早已腐烂消失，留下的都是寺庙建筑。以普力科寺的布局来看，护城河的范围是500米乘以400米，寺庙祭坛的内墙范围只有97米乘以94米，也由此可以推测，护城河环绕的广大范围内还有其他空间的使用，加上护城河本身规模的宏大，更使人怀疑具有保护皇室宫殿的目的。

护城壕沟

普力科寺前三塔

吴哥王朝最早的创立者阇耶跋摩二世（*Jayavarman II*，在位802～850
【注】）曾经在湄公河（*Mekong River*）下游磅湛市（*Kampong Cham*）
建都，他最后决定，把国都迁到罗洛斯河畔洞里萨湖泛滥区域，借助湖水
泛滥取得丰富的渔获，来发展农业种植。但是，洞里萨湖平时和雨季时的
面积范围相差很大，平时长280公里、宽60公里的大湖，一旦到了雨季，
湖水面积会增加两到三倍，农田村落都被淹没，渔民甚至发展出在树上捕
鱼的技术，可见水位落差之大。因此，王都水利工程的设计和建城的规模
就必须密切配合起来。

因陀罗跋摩一世继承王位之后，就大兴水利，修建了吴哥地区第一个人
工的水库，用来调节水位，也用来储水，寺庙建筑的设计也都考量到雨水疏
导的关系。

了解了罗洛斯遗址和当地雨季水流水位的关系，比较容易看出此后吴
哥建筑特殊形式的发展。

从普力科寺来看，不只有长500米宽400米这样大规模的护城河来调节
水的泛滥，使整个寺庙有良好的排水系统，同时寺庙主要建筑都坐落在高
台上，也具有防水避湿的功用。

普力科寺的中心是六座砖塔，每三座排成一列。砖塔外层糊上灰泥，
灰泥质地较细软，能雕刻非常精细的纹饰，可以看得出来，这种雕法就是
吴哥王朝以后精细繁复石雕艺术的前身。因年代久远，如今灰泥多已剥
落，露出内部的红砖结构，杂草丛生砖隙之间。面目已经模糊漫漶的神

注：阇耶跋摩二世在位期间另有公元802-835年等说法。

173

像，犹自站立在神龛内。

普力科寺不只使人看到岁月沧桑，也透过岁月的剥蚀更让我们了解到吴哥文明演变的历程。从砖造到石质结构，从灰泥壁雕到砂岩石雕，从六座寺塔不规则的排列，到神殿山建筑形式精准完美比例的完成，从罗洛斯遗址的草创形式，到吴哥寺令人惊叹的形式美的完成，吴哥文化的递变过程，必须到了罗洛斯遗址才能充分了解。

普力科寺正殿台基上两列砖塔，前排三座较大。这三座塔，中央一座祀奉高棉帝国的开国之祖阇耶跋摩二世，北边的一座祀奉因陀罗跋摩一世的祖父鲁特思瓦拉（*Rudrecvara*），南边的一座则祀奉他的父亲普立提藩陀跋摩（*Prithivindrevarman*）。这三座塔正是因陀罗跋摩一世为父系建立的皇室宗庙。排列在后方的三座砖塔，尺度较小，分别祀奉上述三位国王的皇后，可以说是母系宗庙。根据出土的碑铭记载，因陀罗跋摩一世在公元880年1月25日，在此安置诸神祖先之灵，也由此开启了吴哥王朝此后长达三四百年辉煌的盛世历史。

Ming，相对于吴哥城的华丽伟大，罗洛斯遗址的普力科寺显得朴素简单，但是我在其间徘徊，感觉到一种开国的庄严。

从一片荒烟蔓草的庭院走过，走进形式庄严的寺庙塔门，有引道直通正殿。正殿三座砖塔前各有一个入口，入口五层台阶升向正殿，台阶两旁各有一尊守护石狮，昂首蹲坐远眺，雕法简洁，浑厚而有力，面向正东，好像一切如初日东升，蓬勃而有朝气。阶梯前各有巨石雕的黄牛像，这是印度教最高主神湿婆的坐骑"难敌"，牛头面向寺塔，好像诸神的祝福呵

石狮

黄牛

护着宗庙，要使子子孙孙永远受到最好的庇佑。

　　Ming，普力科寺至今游客很少，一方面是因距离吴哥城中心较远，另一方面也因为建筑形式还没有发展到像吴哥城内寺庙宫殿那么富丽完美吧！游客也许感觉不到这一片荒烟蔓草有任何值得欣赏流连的迷人之处。

　　但是，*Ming*，我在这里徘徊了很久，冥想着吴哥王朝初创时期的谨慎谦卑，冥想着建国的君王，带领着臣民勘察地形，决定新的国都位置，冥想着他们如何记录雨季和旱季水位的落差，冥想着他们如何修筑沟渠，开挖护城河，修建宫室，冥想着他们定居日久，知道了每一日太阳升起的方向，他们在黎明柔和的光里净身沐浴，敬拜天神，敬拜死去的父母祖先。他们选择了最重要的位置祀奉父母祖先，朝向正东的方向建筑了寺塔。

　　Ming，我坐在灰泥都已斑驳的寺塔旁许久，寺塔前庭原来砖石铺砌的地面几乎已被丛生的杂草掩没，不知道要如何拨开杂草，可以重新看到当年踩踏在上面的足迹。那些赤裸的足踝，带着金银的镯饰，脚掌用胭脂色粉染得嫣红，一步一步走上台阶，端正站在寺塔前焚香，香烟缭绕，一直升上寺塔顶端。塔顶用砖砌成高耸的山的形状，崇高而又庄严，父母祖先有了位置，历史也有了传承。

CHAPTER 17

在山与水之间，找到人的定位

巴孔寺与
洛雷寺

我在寻找什么？

不是华丽的宫殿，不是崇高的殿宇，而是在被时间淹没的干涸水库里，

曾经有过的丰饶富裕的生活向往……

Ming，真希望有一天能在大雨滂沱的夏季来罗洛斯遗址。

我在一片黄土飞尘的废墟里，想象1200年前这里的景象。想象到处都是大水，洞里萨湖浩浩荡荡，无边无际地蔓延泛滥，水里游动着成群成群肥硕的鱼，跳跃滑动着细细须脚的透明的虾，渔民们用网捕捞，网一拉起来，沉重的网里挤满的鱼虾挣扎蹦跳，在地上劈劈啪啪，溅起岸边泥浆。想象闻嗅到一阵扑鼻而来的鱼虾的腥味，非常强烈的生猛的气味。据说，时至今日洞里萨湖泛滥，居民还住在大树上，在树上捕鱼。

初建国的真腊王朝，还没有迁都到吴哥，在罗洛斯河边这片土地上建立了王城，王城面对的第一个问题，当然就是治水工程。如何疏导泛滥，如何储水，如何引水完成护城河的防御功能。站在高地，看面前大水浩荡，一个治国者，思考着他心里理想的水利工程的蓝图。

在这一片大水面前的，应该是因陀罗跋摩一世。他在完成了祭祀祖先

的宗庙普力科寺之后（880），又动工修建了首都第一座祭祀天神的神殿山巴孔寺（881），但是他在位期间最重要的建设，事实上是一座水库。我依据资料寻找水库，但一片荒烟蔓草，已看不出水库的遗迹。

据记载，水库当初面积有1800米长、800米宽，目前可以约略了解水库规模的标志，是残存的洛雷寺。当初因陀罗跋摩一世修建水库，水库挖掘时，挖出的土就堆放在东西轴线的正中央，形成一个人工小岛，本来工程中就包括岛上的一座寺庙。但是，水库浩大的工程并没有在因陀罗跋摩一世在位期间完成，岛上庙宇也一直要到他的儿子耶轮跋摩一世在公元893年才告完成。考古学者发现铭文上记录着，893年7月8日洛雷寺供养天上的四位大神。这座建在岛上的寺庙，正是具有保护新建水库、求神祈福的意义。

目前洛雷寺剩下的建筑物已经不多，我拿着法国人写的旅游书，书上对洛雷寺建议的参观时间只有15分钟，我却在这里徘徊了很久。我也在问自己，我在寻找什么？不是华丽的宫殿，不是崇高的殿宇，而是在被时间淹没的干涸水库里，寻找这里曾经有过的丰饶富裕的生活向往，寻找那些活蹦乱跳的鱼虾蚌蛤丰富起来的渔民生活。

在吴哥寺和皇宫墙壁上都还浮雕着鳄鱼、虾、螃蟹、蚌蛤各类水族的形貌，这个民族的生活确实和水，和湖泊、河流、海洋有着密不可分的关系。我也仿佛行走在遍开莲花的浅水中，抚摸祝福每一朵将要在黎明第一线阳光里绽放的花苞蓓蕾。这片废墟好像复活了起来，有水声涓涓流淌，有划橹摇桨的荡漾，有女子的歌声随水声应和。

然而，没有浩大的水利工程建设，不会有吴哥文明。

Ming，什么是文明？当强大的帝国倾颓了，当王朝已成历史，宫殿城市都成废墟，有什么东西会留下来，被称为"文明"，被千百年后的人怀念眷恋向往？

我依靠着洛雷寺的砖塔，塔身并不高，敷在红砖表面的灰泥大多剥落了，红砖的隙缝长满了草，甚至生长了小树。

砖塔的门框是用岩石砌建的，门楣上有非常精细的灰泥浮雕，浮雕的中心因陀罗大神骑着"*Airavata*"，也就是有三个头的神象。以因陀罗神为中心，七头的蛇神"*Naga*"向两边伸展长长的身躯。蛇身下方是旋转翻卷成像花瓣一样的浪花图案，蛇身的上端是从浪花中一尊一尊飞升起来的阿普莎拉女神。美丽的女神，水的女神，从浪花中诞生的女神，她高踞在神庙的门楣上，保护祝福着攸关百姓生活的水库。

水库真的干涸了，即使我努力寻找，也找不到一点蛛丝马迹。但是当地的人告诉我，每到雨季，原来水库的低洼地区还是被水弥漫，当地的农民也利用这个时候在浅水的平地插秧种稻，古老的水库也就转型变成一片绿油油的水田。

洛雷寺修建的时间和普力科寺相近，所以建筑风格也相同，这些残存的四座砖塔，看起来像佛教的法器"金刚杵"。印度教的建筑特别善于运用转角折叠的层次变化，使一座比例并不大的砖塔，呈现出高耸而又规矩、秩序井然的端正庄严。

许多学者推测，洛雷寺的砖塔，原来的设计和普力科寺一样，可能

洛雷寺灰泥浮雕的门楣

是六座，目前只有四座的原因，是因为耶轮跋摩一世已经决定迁都到吴哥了，罗洛斯遗址因此留下了没有完成的水库和没有完成的神庙。

罗洛斯遗址的重要，正是因为此地建筑代表了9世纪柬埔寨文化的典型，而这个地区的风格才是孕育吴哥古文明重要的基础。

设计在水库中心岛上的洛雷寺，如果是吴哥建筑中和"水"对话的建筑空间；那么，巴孔寺就是最早思考"山"的建筑典型了。

巴孔寺建于公元881年，是因陀罗跋摩一世修建的第一座"神殿山"形式的建筑。所谓"神殿山"（*Temple-mountain*），是印度教相信宇宙的中心是一座须弥山。因此，神庙的布局不像洛雷寺一般是平面展开的空间。

巴孔寺以五层逐渐向上缩小的平台，建构起"山"的象征。最底层的台基长67米、宽65米，近于正方，逐渐向上缩小，和埃及金字塔的前身"*Mastaba*"结构几乎完全一样。到了最上一层，平台长20米、宽18米，这种逐层向上加高又缩小的形式，具体象征了印度教对山的崇拜。在最高一层平台中央，又修建了一座高度达15米的高塔，把人的视觉笔直拉高，非常像欧洲中古世纪哥特式大教堂的尖顶功能，使信徒在攀爬陡直的阶梯时，一直有一个最高的视觉向往。

"山"的形式完成了，不动、稳定、崇高、庄严的山，是自然宇宙里存在的山，也是人在信仰精神上仰望依赖的山。

巴孔寺的面积很大，目前外围发现的护城河长900米、宽700米，河的平均深度都有3米深。作为当时国都的国家寺庙，巴孔寺可以说是罗洛斯

巴孔寺是吴哥王朝第一座神殿山形式的建筑

遗址上最重要的建筑。寺庙中还保有红砖修建、外敷灰泥的小塔，围绕中央高塔，总共有22座，但是台基的部分已经完全用岩石砌造。巴孔寺中也出现完全用石砌的长形房间，布置在东边塔门入口的两侧，这些长形房间被西方学者称为"图书馆"，推测是当年置放经书的"藏经阁"。

与大水对话的洛雷寺，与大山对话的巴孔寺，在吴哥王朝迁都之前，罗洛斯遗址的建筑群已经在山与水之间找到了人的定位。

Ming，我想，文明正是在宇宙天地山川之间，寻找人的定位吧！

第六部

心的驻足

THE BEAUTY OF ANGKOR | Part 6

美无法掠夺，美无法霸占，
美只是愈来愈淡的夕阳余光里一片历史的废墟，
帝国和我们自己，有一天都一样要成为废墟；
吴哥使每一个人走到废墟的现场，看到了存在的荒谬。

CHAPTER 18

美，总是
走向废墟

我穿过廊道，穿过我自己的生命，

看到成，住，坏，空；看到存在，也看到消失。

或许，吴哥窟真正使我领悟的是时间的力量吧！

吴哥王朝留下了一片辽阔的废墟。

在废墟间行走，有时候恍惚间不知道自己身在何时何地。

寺庙多到看不完，法国人编的旅游书把行程规划成三天、四天、五天、七天、九天……不等的内容。

最短的行程一定是以吴哥寺和巴扬寺为重点，找到了吴哥王朝文明繁华的巅峰，找到了城市布局的中心，再慢慢从中心向四周扩大，依据自己可以停留的时间规划出希望到达的范围。

Ming，我在废墟间行走，我不知道自己如此短暂的生命是否可以通过、经验、体会上千年繁华刹那间成为废墟的意义？

有时候我倚靠着一堵倾颓的废墙睡着了。我想停止行走，停止下来，没有继续接下来的行程，没有此后的规划，我想静静在睡梦的世界，体验时间的停止。我想觉悟：自己的短暂生命，城市繁华，帝国永恒，都只是睡梦里一个不真实的幻象而已。

吴哥的建筑美吗？吴哥的雕刻美吗？

为什么一直到此刻，使我错愕悸动的，其实是那一片片的废墟？那些被大树的根挤压纠缠的石块，那些爬满藤蔓苔藓蛛网的雕像，那些在风雨里支离破碎的残砖断瓦，那些色彩斑驳褪逝后繁华的苍凉，那些原来巨大雄伟、却在岁月中逐渐风化成齑粉的城垣宫殿，一个帝国的永恒，也只是我靠在倾颓的墙边，匆匆片刻睡眠里一个若有若无的梦境吧！

许多朋友询问：去吴哥要多少天？

如果还在梦境的废墟墙边，我必定难以回答这个问题吧！

如果不是肤浅的观光，不只是在吴哥，走到世界任何一片曾经繁华过的废墟，我们都似乎是再一次重新经历了自己好几世几劫的一切吧？自己的爱，自己的恨，自己的眷恋，自己的不舍，自己的狂喜与沮丧，自己对繁华永恒永不停止的狂热，以及繁华过后那么致死的寂寞与荒凉。

我在废墟中行走，我不知道自己在寻找什么？

我穿过一道走廊，方整的石柱约2米高，柱头四周雕刻了一朵朵莲花。莲花轻盈，承接着上面粗壮沉重的石梁。石柱四面刻了非常精细的浮雕，像最精致的刺绣，繁复绵密。浮雕刻得很浅，好像皮影戏映照在洁净白布上的幻影，华丽迷离却又完全不真实。石梁上的雕刻比较深，梁的上下缘也都装饰了莲花。莲花之上，一尊尊的神佛端坐沉思冥想。

大部分的佛像已经被盗，从石梁上整尊被砍挖下来，原来佛端坐的位置，只剩下一个使人冥想的空洞。

繁华褪逝后的苍凉

用重复细线凹槽装饰的门框

Ming，我面对的是一个冥想的空洞，那精细雕凿的神龛里一个消失的人形。它仍然端坐着，它仍然陷入沉思，它还在冥想，而它的肉身已消逝得无踪无影。

　　我想到"佛"这个字，从梵文翻译而来，采取了"人"与"弗"的并置。"弗"是"没有"，"弗"是存在的消失；那么，"佛"也就是"人"在消失里的领悟吗？

　　廊是一个通道，原来上面有覆盖的石板屋顶。屋顶坍塌了，大片的石板摔落在地上，阻碍了通道。

　　廊的尽头是一道门，长方形的门，用重复细线凹槽的门框装饰，好像要加重强调"门"的意义。

　　我穿过廊道，看到柱子，看到横梁，看到屋顶，看到人在空间里完成的建筑。看到雕刻，看到花纹与莲花装饰，看到已经消失的佛像。

　　我穿过廊道，穿过我自己的生命，看到成，住，坏，空；看到存在，也看到消失。

　　我停在长方形的门前，门前有两层台阶，门被放置在比较高的位置。因为年代久远，门框有点松动了，原来密合的地方露出一两指宽的缝隙。门两侧侍立的女子，手持鲜花，衣裙摆荡，应该是婀娜多姿的妩媚，却因为整个建筑的崩毁肢解，女子的身体也从中央分开，分解成好几块。

　　这是再也拼合不起来的身体，好像身体的一部分在寻找另外一部分。头部大多不见了，留下一个茫然不知何去何从的身体。

　　我不知道为什么一直停留在门前。这扇门像一个神秘的界限，界限了室内和室外，界限了这里和那里，界限了执着和了悟，界限了生和死，界限了此生和来世，界限了有和无，界限了进入和离去，界限了抵达和告别……

这里几乎是游客不会到的地方，这里被崩塌的石块堆叠阻碍，不容易行走。大树的根四处生长蔓延，屋顶上垂挂下来顽强的薜荔藤萝，一些寄宿的野猫被惊吓，忽地一声，从阴暗的角落窜出，慌乱奔逃而去，留下死一般的寂静。

留下我一个人，听着自己从前世一步一步走回来的脚步声，知道这一片废墟等待我许久许久，等待我穿过这段走廊，等待我站在这长方形的门前，等待我隔着一千年再来与自己相认。

或许，吴哥窟真正使我领悟的是时间的力量吧！

一位当代的录影艺术家维欧拉（*Bill Viola*），用摄影机记录物质的消失。经过剪接的节奏，维欧拉使观者感受到时间，感受到时间在物质上一点一点消失的错愕。一条鱼，存在着，像17世纪荷兰画派用最精细技法画出来的鱼，每一片鱼鳞的反光，鱼的眼睛在死亡前呆滞茫然的瞪视，存在这么真实。然而，维欧拉记录了真实在时间里的变化。他使我们看到鱼的腐烂，苍蝇嗡嗡飞来，密聚在鱼的尸身上，蚂蚁攒动着，他剪接的节奏使时间的变化可以用视觉观察，鱼肉不见了，剩下一排像梳子一样的鱼骨，剩下鱼头，剩下瞪视的眼睛和尖利的牙齿。

欧洲人在19世纪最强盛的时候走进了吴哥，他们赞叹吴哥文明，赞叹建筑之美，赞叹雕刻之美，他们从墙上砍挖偷盗精美的神佛，甚至把整座

崩塌的石块到处堆叠阻碍

石雕桥梁拆卸带走，巴黎的居美（*Guimet*）美术馆至今陈列着从吴哥盗去的文物。

吴哥其实早已是一片废墟。五百年前吴哥就被毁灭，城市被火焚，建筑上的黄金雕饰和珠宝被劫掠，人民被屠杀，尸体堆积如山，无人收埋，致死的传染病快速蔓延，最后连侵略者也不敢停留，匆匆弃城而去。吴哥被遗忘了，热带大雨冲去了血迹，风吹散了尸体腐烂的臭味，白骨被沙尘掩盖，血肉肥沃了大地，草生长起来，大树扶疏婆娑，有人回来，看到一片废墟，若有所思。

*19*世纪欧洲人在强盛的巅峰走进了吴哥废墟，他们震惊古文明的伟大，他们想占有美，他们用最贪婪粗暴的方法掠夺美、霸占美，试图把美占为己有。

但是，美从不属于任何私人。

美无法掠夺，美无法霸占，美只是愈来愈淡的夕阳余光里一片历史的废墟。帝国和我们自己，有一天都一样要成为废墟；吴哥使每一个人走到废墟的现场，看到了存在的荒谬，或许惨然一笑。

斤斤计较艺术种种，其实看不到真正动人心魄的美。

美，总是走向废墟。

历史的废墟

CHAPTER 19

居美·卜力坎寺石雕

在居美
看见吴哥

在吴哥，神佛的微笑是从现世萦绕的苦难卑微里升华出来澄净的美。

在居美，好像与这一尊石雕对话，它的微笑可以一直烙印进我身体之中。

Ming，我在巴黎。

7月14日清晨抵达，是法国国庆，庆祝活动多在晚间，街上静悄悄的，整个城市似乎还在睡梦中。

今年租到的住处正对蓬皮杜艺术中心（*Centre Georges Pompidou*）。坐在客厅，窗外就是广场。中午以后各种街头表演开始，热闹喧哗。入夜以后却异常安静。我泡了一壶茶。天色渐暗之后，蓬皮杜艺术中心量体庞大的建筑只剩下细细的钢铁支架上的打光，透露出工业结构的冷静、精确。微风习习吹来，使画了一天画的疲惫与激动安静下来，好像静到可以听见自己心里的声音。听到一个声音，像一朵花在入夜绽放，静默无声。

花的绽放是不是一种声音？

我总是在凡·高的向日葵或鸢尾花的盛放里听到哭声、笑声。

最安静的花开在宋朝，宋人小品扇面里的花，朵朵都是微笑的声音。

微笑可以是一种声音吗？

今天去了居美美术馆，坐在一尊吴哥窟的雕像前，静看那闭目凝神的石雕。安静的微笑，像一朵花，缓缓在石块里绽放，我听到了声音，深藏在石块里如此清澈如水的笑声。

居美美术馆在十六区，离埃菲尔铁塔不远，斜对面就是现代美术馆。

面对着一个广场，居美古典形式的建筑颇为突出。这幢建筑因为丰富的亚洲艺术品及文物收藏而著名。

*20*世纪*70*年代，我常来这里，建筑已显得有点老旧，陈列的方式也有点晦暗。

*20*世纪*90*年代经过六七年的整修，作为法国国家博物馆的亚洲部分，居美受到了重视，从建筑体本身到收藏品的管理、陈列、研究……全都焕然一新。

我一走进大厅，立刻感觉到和*20*世纪*70*年代来这里完全不同的感受。

*18*世纪前后，西欧列强发展海上霸权。西班牙、英国、葡萄牙、法国、荷兰、德国……相继在非洲与亚洲、美洲寻找殖民地。

殖民地任由列强霸占，政治失去了自主性，经济命脉由列强操控，大量物质资源被运走，经过工业加工，再倾销回人口广大的殖民地，殖民地也成为列强最好的获得暴利的消费市场。

在进入*21*世纪的时刻，全球的殖民地纷纷脱离列强独立，进入"后殖民时期"。而我，在这个时刻，站在居美美术馆大厅，凝视一尊巨大石雕。一个七头的蛇神*"Naga"*，高高昂起蛇头，它的身体延伸成桥的护

栏，有神魔的手正拉着蛇的身体，搅动乳海。

　　这是我在吴哥窟原址看到的每一个城门入口，每一座寺庙、宫殿入口都有的雕刻。而此刻，我看到的是从吴哥窟被硬生生割裂下来移植在巴黎美术馆的石雕。

　　19世纪中期，一个研究热带昆虫的法国学者亨利·穆奥进入了柬埔寨西边的丛林，他披荆斩棘，在层层包围的热带雨林中"发现"了吴哥。

　　他的研究资料被公布，震惊了欧洲人，也引发了至今仍在发烧的吴哥文化的西方研究。

　　柬埔寨不久即沦为法国的殖民地，在长达近百年的殖民统治里，柬埔寨经历了翻天覆地的变化。如同所有亚洲曾经沦为殖民地的国家，那被殖民的记忆，像热烈的烙铁留下的印痕，即使在独立之后，仍然疤痕宛然。

阇耶跋摩七世皇后石雕像，居美东方美术馆藏

也许要在更长的岁月里，才能抚平那挥之不去的痛与恨，屈辱与悲苦，那努力寻找自我价值却困难重重的心灵复健的过程吧！

法国觉醒的知识分子长久以来就有这种后殖民的反省与自责。早在 *19* 世纪就有人指出，法国人"发现"吴哥的谬误。

吴哥一直在那里，在柬埔寨，在它自己的土地里，像一棵大树。

如今这棵大树被连根拔起，被用强势手段硬生生抢走，移植在巴黎的博物馆。众人前来观赏赞叹，法国人说：我们"发现"了吴哥！

我读到一本书，记录了 *16* 世纪以来，以耶稣会为主的欧洲传教士，他们千里迢迢，到了东南亚，进入蛮荒的吴哥，学习当地的语言风俗，探讨当地的宗教信仰，为当地人治病，细心记录下寺庙建筑结构，图绘下雕刻的形式。他们终生在吴哥工作学习，最后死在吴哥，成为吴哥土地的一部分。

他们没有掠夺，没有霸占，他们是最早反省殖民主义的知识分子。他们指责"发现"这种自大的观念，他们说：吴哥一直在那里，有他们自己的信仰与生活方式，有他们自己的生命价值。

在居美美术馆，你会看到印度的雕像，泰国的、缅甸的、越南的佛像。上到二楼，会看到中国、韩国、日本的收藏，从阿富汗到敦煌的佛教文物都非常丰富，而其中最足以令人震惊的，当然是吴哥王朝的石雕。

可以想象，*19* 世纪，一个法国人要从柬埔寨运走吴哥王朝最精美的雕刻，是多么容易的事。

我们知道，在清末至民国初期，西方人可以随便去几个硬币，就有一群中国老百姓帮他们打下云冈的佛头，用棉布包好带走。

对于许多亚洲、非洲的人民，那一段历史并不是一个很好的记忆。

但是，我此刻重来居美美术馆，站在一尊应该是阇耶跋摩七世皇后的石雕像前。石雕双臂都已残断，上身赤裸，腰围一裙。雕法非常简朴，不知道是不是去除了繁杂琐碎的细节。这一尊在巴黎美术馆中的雕像，和我在柬埔寨吴哥窟看到的略有不同。在吴哥窟，我看到雕像在热带丛林里，被风雨侵蚀，烈日炙烤，处处可见霉斑苔藓滋长，藤蔓缠绕。我自己一身被汗湿透，被当地各种求生活的小贩、乞丐围绕，那一尊静定安谧的神佛的微笑，是从现世萦绕的苦难卑微里升华出来澄净的美。

此刻我在居美美术馆，舒适的空调，舒适的照明打光，旁边没有任何干扰，我静静冥想，好像与这一尊石雕对话，它的微笑可以一直烙印进我身体之中。

阇耶跋摩七世，一个吴哥历史上最重要的君王，创建了巴扬寺、塔普伦寺，吴哥王朝在他统治期间由印度教信仰转为佛教信仰。他在晚年，把自己冥想静定的微笑的面容雕刻在许多建筑物上。那些微笑，高高低低，错错落落，通过七八百年的灾难、饥荒、战争、疾病流传，一直闭着眼睛，只是淡淡地微笑着。

西方人也许难以理解那样不可思议的微笑里充满的悲悯之情吧！

Ming，几次来居美，在阇耶跋摩七世的微笑前静坐。这个远离了故乡的雕像，如此冥想微笑；而我，好像可以在冥想里和它一起回到吴哥，回到那个河里莲花盛放的土地，一起微笑。

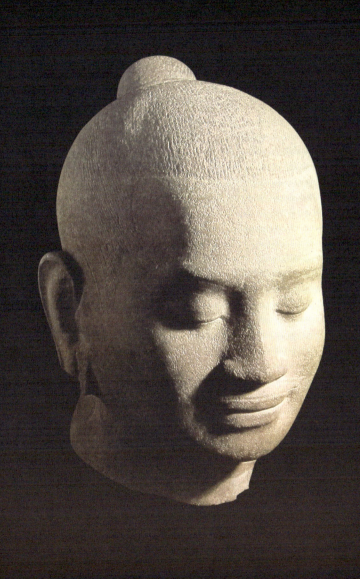

微笑的闍耶跋摩七世

CHAPTER 20

带一本书
去吴哥吧！

七百多年前撰写《真腊风土记》的周达观，大概无法想象，他的一本杂记，可以影响到欧洲人，影响到今日我们重新了解吴哥窟的文明。

Ming，在吴哥窟旅行，许多欧洲人手上都带着翻译本的周达观的《真腊风土记》。

周达观是元朝浙江永嘉地方的人。元成宗元贞二年，公元1296年，他奉派去真腊的首都吴哥窟，住了整整一年，回国之后，把在吴哥窟种种见闻记录下来，写成了《真腊风土记》。

这本书在元代的时候只有手抄本，到了明代，才有了木刻本刊印，但也多杂在丛刊中，没有单独的刊印本。明代的《说郛》、《历代小史》、《古今逸史》、《古今说海》、《百川学海》等丛刊中都收录了《真腊风土记》。

到了清代，《古今图书集成》和《四库全书》也都收录了这本书。

19世纪，由于欧洲人开始经略亚洲，对东南亚的历史、地理非常重视。这本在当时华文世界几乎被遗忘的著作，反而在1819年由法国人雷穆沙译成了法文，发行在《旅行年报》（*Nouvelles Annales des Voyages*）上。

法国在19世纪末，已经把东南亚的柬埔寨、寮国、越南，划入其殖民范围，法文版的《真腊风土记》提供了一定的史料及风俗情报。

1902年，法国著名的汉学家伯希和依据较好的版本，重新翻译了《真腊风土记》，把华文史料加以当时的实地勘察资料，相互印证，做了很多详细的补注。这本书对当时的欧洲社会提供了完善的吴哥窟文化资料，也产生了很大的影响。

1932年，中国学者冯承钧从法文本再翻译成中文，才又引起华文世界的重视。

1970年，学者金荣华先生参校各种版本的《真腊风土记》，做了详细的校注，也是我最早阅读而受益很多的一个版本。

Ming，文明的影响往往长久而深远。七百多年前撰写《真腊风土记》的周达观，大概无法想象，他的一本杂记，可以影响如此深远，影响到欧洲人，影响到今日我们重新了解吴哥窟的文明。

我也习惯带着《真腊风土记》到吴哥窟，寻找古今相差七百年的异同。

周达观的书里译为"澉浦只"、"甘孛智"，都是今天的"柬埔寨"，古今译名可以有这样大的差别。

周达观当年是从浙江温州出发的，向西南方向行船，过福建、广东外海，半个月后抵达今天越南中部，再从占城（归仁）到真蒲（头顿港）。头顿港即是从海岸线进入湄公河上溯至内陆的港埠。

周达观的《真腊风土记》记录了当时很多生活的场景

周达观从头顿港向西北方向溯溪河进入内陆，半月后到了"查南"。金荣华先生考证，认为"查南"即今金边湖入洞里萨河的"磅清扬"（*Kampong Chhnang*）。

　　从磅清扬要换小船，进入洞里萨河，经过佛村（今菩萨市）十余天，可以抵达洞里萨湖西北岸暹粒河口的"码头"，《真腊风土记》中用柬埔寨语音译为"干傍"。

　　周达观是在元贞元年六月受命，随元朝廷的招谕使出访真腊。第二年（*1296*年）二月从温州出发，三月十五日到达占城。"中途逆风不利，秋七月始至"，走了将近半年。他在吴哥窟停留到大德元年（*1297*年），"六月回舟"，利用西南季风北上，八月十二日返抵国门。

　　我在今日直达吴哥窟的飞机上看这本书，感觉周达观七百多年前艰难而漫长的旅程，或许我应该庆幸自己可以乘坐快速而方便的交通工具吧！但也同时似乎遗憾少了许多周达观沿途观察记录的丰富经验。

　　今天以方便快速为主要诉求的观光，或许已失去了许多昔日慢慢感觉一个文化的耐性吧！

　　我在飞机上一一重读了《城郭》、《服饰》、《官属》、《三教》几篇，回想着当年周达观走在吴哥城中的景象。他有一年的时间，可以到处浏览，他的记录也有许多精准的细节。尤其是在*1431*年吴哥城毁于战火之后，大部分的寺庙宫室都在五百年间为丛林吞没，成为一片废墟，许多近代出土的碑铭又太简陋，因此，了解吴哥王朝当年的生活，似乎只有依靠这一本翔实的札记。

我们的观光文化已经愈趋廉价粗糙了，往往一次旅游，没有任何知识与心灵的收获。看到欧洲游客带着一本法文版的《真腊风土记》，一面阅读，一面慢慢浏览，感怀一个文明的存在、伟大与消失，也许才是真正有意义的旅游吧！

周达观的描写不落于抽象，常常提供很具体的形容，用来和吴哥寺今日浮雕中的形象对照，显得特别有趣。

我在吴哥寺南壁浮雕中看着国王的形象，也就拿出了《服饰》一段的句子来比较：

"惟国主可打纯花布，头戴金冠子，如金刚头上所戴者。或有时不戴冠，但以线穿香花，如茉莉之类，周匝于髻间。项上戴大珠牌三五片；手足及诸指上皆戴金镯指展，上皆嵌猫儿眼睛石。其下跣足，足下及手掌皆以红药染赤色。出则手持金剑。"

这一段描写，若能对比现今发现的吴哥浮雕，对比国王或贵族的造型，会对吴哥王朝的存在有更具体的印象。

吴哥寺著名浮雕中有特别精细的关于国王出巡的描绘，正好可以与周达观《官属》一段的文字记录相印证。吴哥文化承袭印度的习俗，尊贵的人物出入都有伞盖侍从，也以伞盖的多少，表现人物地位的高低。

《真腊风土记》说："其出入仪从，亦有等级：用金轿杠、四金伞柄者为上，金轿杠、二金伞柄者次之，金轿杠、一金伞柄者又次之，只用一金伞柄者又其次也。其下者只用一银伞柄而已，亦有用银轿杠者。"

吴哥寺的浮雕，色彩部分多已剥落，但可以配合周达观的记录，了

吴哥寺浮雕刻有妃嫔乘坐着"软轿"出巡

吴哥寺浮雕可看到贵族乘坐的"象凳"和"伞盖"仪队

解到贵族乘坐的车轿，轿杠的部分有包金装饰，或包银装饰，用来划分等级。浮雕上或许原也有金银箔装饰，今已脱落而已。

对于车轿的形制，周达观也在《车轿》一单独篇章中作了详细的描述：

"轿之制，以一木屈其中，两头竖起，雕刻花样，以金银裹之，所谓'金银轿杠'者此也。每头三尺之内钉一钩子，以大布一条厚折，用绳系于两头钩中，人坐于布内，以两人抬之。"

文字的描述无论多么精细，其实并不容易了解。这一段对"车轿"的描写，可以知道是用厚布制成的"软轿"，但若对比着吴哥寺墙壁上的浮雕图像，可以一目了然车轿的造型了。

古史料的保存，与现今文物的对照，方便了对古文明的了解。这样的方法，固然在上层的学术研究上有价值，对一般游客而言，若想比较深入去理解一个文明，也有很多助益。

吴哥文化中，"象"扮演重要的角色，一直到今天，仍可以看到大象作为运输或交通的工具，对当时从北方南下的周达观而言，记录到："马无鞍，象却有凳可坐。"他的许多描述显然有着文化差异的比较。从现今吴哥寺浮雕和现实生活中都不难看到"象凳"，读到这一段，也都可能会心一笑。

有人认为《真腊风土记》是一本具有军事情报的资料，因为周达观是元朝皇帝派去真腊宣扬国威的招谕使团的一名成员。周达观留心吴哥王朝城市的布局，护城河的宽度，城墙的高度与城门的宽度，甚至政治组织的等级，物产及气候等等，都可以作为某一种军事研究的企图来看。

早在七百年前，元代的军事就已经不只是粗暴的武力对决，也同时知道，深入研究一个地方的民情风俗，才是军事优势的重点吧！

但在周达观的书中，有一些部分也反映出一个深受儒教影响的华人对异文化的好奇，或许不完全出于军事报告的动机。

吴哥文化的女性角色，与当时的华人社会非常不同，周达观有不少关于女性特质的观察值得省思。

《产妇》一段，记录了柬埔寨妇女生产后的调理方式，似乎使周达观十分讶异：

"番妇产后，即作热饭，拌之以盐，纳于阴户，凡一昼夜而除之，以此产中无病，且收敛常如室女。余初闻而诧之，深疑其不然；既而所泊之家有女育子，备知其事，且次日即抱婴儿同往河内澡洗，尤所怪见。"

周达观对当地妇人产后以热饭拌盐纳入阴户的调理方式，大为吃惊，但他似乎有实证的精神，不只是相信传闻，而能在借住的人家实际观察，作为记录的证明。

风俗的不同，往往因为不同的客观环境而改变。观光的文化带着自己的主观，夸张异文化的怪异性，本就带有歧视的成分。近代的人类学知识提供给人们更宽广健康的角度，来面对及探讨与自己不同的文化，也使现代人对单一文化的自我中心有更多反省。

周达观当然深受儒教影响，华人社会的伦理道德体系，深深烙印在他的身上。他也一定无法摆脱那一年代男性中心的大沙文心态，因此，可能对柬埔寨不同文化下的女性角色产生批评与排斥。下面这一段记录，也许

石雕记录了周达观笔下的吴哥当年的生活场景

特别表现出周达观主观意识的判断：

"人言番妇多淫，产后一两日即与夫合；若丈夫不中所欲，即有买臣见弃之事。若丈夫适有远役，只可数夜，过十数夜，其妇必曰：'我非是鬼，如何孤眠？'淫荡之心尤切。然亦闻有守志者。"

儒教长期的礼教禁欲，使周达观熟悉的大部分汉族社会，女性已没有情欲自主的表达可能。"淫"之一字，变成桎梏女性的巨大枷锁。在真腊王朝，周达观发现妇人一生产完就要求丈夫性的交合，一旦不能满足，即提出分手。丈夫外出，也只能数夜为限，超过十几天，女性便提出抱怨：我又不是鬼，怎么可以一个人睡？

这些习俗看在男性中心的周达观眼中，当然不以为然，便以儒家常常加在女性身上的"淫荡"两字来批评。

对于真腊王朝的女性角色，周达观除了在《产妇》一段中显露了他的惊讶之外，另外在《室女》一段也作了更多的描述，一再透露出在儒教的压抑下，似乎对女性的性行为反而产生了过度的好奇。

"人家养女，其父母必祝之曰：'愿汝有人要，将来嫁千百个丈夫'。"

周达观显然也无法了解，真腊为何会有这样的风俗。对儒教社会而言，"一女不嫁二夫"已是天经地义的伦常，然而在真腊，父母竟然祝福女儿"将来嫁千百个丈夫"，当然使周达观大吃一惊。

不同文化习俗的接触，其实恰好是最好的机会，可以检讨与反省固定僵化的社会习俗。文化本来是因不同的客观环境而形成，并没有绝对的好坏优劣，但当时认为自己是"居天下之中"的帝国，大概难以理解不同文化的相互了解与尊重吧！

从习俗的观察而言，周达观对女性习俗的好奇，的确保留了可贵的社会史料。例如在《室女》一段，他记录了当时真腊女性"阵毯"的习俗。

"富室之女，自七岁至九岁；至贫之家，则止于十一岁，必命僧道去其童身，名曰'阵毯'。"

"阵毯"即是剔破少女处女膜的仪式，无论贫富，都要遵守。而且，依据周达观的记录，"阵毯"的习俗是由官方主持的，民间必须先向官方申报，官方会发给一支蜡烛，上有刻度，黄昏燃烛，烧到刻度处，就进行"阵毯"仪式。

"阵毯"的仪式似乎非常铺张，像"成人礼"，要"大设饮食鼓乐"，招待亲友街坊邻居，门外要设一高棚，装置塑造的人像或动物像，似乎很像台湾民间的做醮。

"阵毯"的真正动作，周达观是看不见的，但他充满了好奇，记录了几种不同的传闻：

"闻至期与女俱入房，亲以手去其童，纳之酒中，或谓父母亲邻各点于额上，或谓俱尝以口；或谓僧与女交构之事，或谓无此，但不容唐人见之，所以莫知其的。"

这一段中，周达观记录了好几种听来的传闻。在仪式最后，僧侣和少女入房，除去少女的处女膜，放置在酒中，周达观听说"室女"之血或者父母点在额上，或者吃下去了，或者是僧侣与少女性交，因为不准许华人观看，无法证实。

周达观还是保持了一个记录者文字的忠实性。

　　今天到吴哥窟旅行的人愈来愈多，从全世界涌进这个城市的观光客数以万计，但似乎都只在寻访古老的吴哥文化，很少人对当前的柬埔寨人的现实生活有任何关心。

　　周达观的记录却不是从观光的角度书写的，他有许多对真实生活的描写，甚至到今天还可以在当地印证，例如吴哥人的"澡浴"。

　　"地苦炎热，每日非数次澡洗则不可过。"

　　这一段描述，说明了周达观对柬埔寨人民每天洗澡数次的了解。但他在河边、池边看到的洗澡景象，最使他关注的似乎还是与道德有关的部分。

　　"不分男女，皆裸形入池。"

　　男女裸体共浴，似乎又使周达观惊讶了。他接着就有了自己的主观判断：

　　"或三四日，或五六日，城中妇女，三三五五，咸至城外河中漾洗。至河边，脱去所缠之布而入水。会聚于河者动以千数，虽府第妇女亦预焉，略不以为耻；自踵至顶，皆得而见之。"

　　在吴哥的河边，看到成群男女裸浴，彼此激水嬉戏，再读到这一段描述，不禁笑了起来。

　　对北方来的周达观而言，看到上千裸体妇人在河中沐浴，连城中有身份的大户人家女性也参与其中，他似乎一方面目不暇接地观看眼前奇景，另一方面在记录时还是要批评一句："略不以为耻。"而这些女性的美丽胴体，"自踵至顶"，从脚跟到头顶，都看得一清二楚。

　　我读《真腊风土记》，读到下面这一段，特别有一种难以言喻的开心："唐人暇日，颇以此为游乐之观。闻亦有就水中偷期者。"

华人到了柬埔寨，和周达观一样，对上千女性河中裸浴都兴奋异常，便在闲暇之日，到这里来游玩。周达观没有正面证实，但听说也有华人偷偷潜入水中去干什么事了。

文字的记录里有时透露着人性的幽默。礼教森严的华人，对女性的身体，对性，都产生过度的兴奋，而在热带的东南亚，不同宗教信仰的背景，真腊人民其实有着更健康自在的身体。移民南来的华人，久而久之，当然也"有就水中偷期者"，解放了他们长久肉体的压抑。

当时的华人，是以做"华人"为荣吗？

周达观却在《流寓》一段留下一个有趣的伏笔：

"唐人之为水手者，利其国中不着衣裳；且米粮易求，妇女易得，屋室易办，器用易足，卖买易为，往往皆逃逸于彼。"

原来"跳船"不是今天才有，当年的华人船员，喜爱了东南亚的文化，可以不穿衣服，容易吃饱饭，容易娶到妻子，生活容易，也就纷纷逃避华人的国度了。

旅途中有一本书可以阅读，可以反省，可以思考，是无比快乐的事。

Ming，写给你的信要告一段落，希望还有机会带着《真腊风土记》，同游吴哥！

巴扬寺

附录 1

吴哥国王与代表建筑简表

国 王	任次	在位年代	建 都	代表建筑与事迹
阇 耶 跋 摩 二 世 Jayavarman II	1	802~850	湄公河下游磅湛市 Kampong Cham	吴哥王朝开国之祖
因 陀 罗 跋 摩 一 世 Indravarman I	3	877~889	罗洛斯 RoLuos	普力科寺 （Preah Ko），880 巴孔寺 （Bakong），881 修建第一个人工水库
耶 轮 跋 摩 一 世 Yasovarman I	4	889~908		洛雷寺 （Lolei），893 巴肯寺 （Bakheng），907
哈 沙 跋 摩 一 世 Harshavarman I	5	908~922		喀拉凡寺 （Prasat Kravan），921
罗 贞 陀 罗 跋 摩 二 世 Rajendravarman II	9	944~968		空中宫殿 （Phimeanakas） 东美蓬寺 （East Mebon），953 巴憧寺 （Batchum），960 变身塔 （Pre Rup），961 斑蒂斯蕾 （Banteay Srei），967开始兴建
阇 耶 跋 摩 五 世 Jayavarman V	10	968~1001		砖雕与石雕艺术的大致分界 斑蒂斯蕾完成， 1000 未完成的塔高寺 （Takeo），1000左右
乌佾亚迪亚跋摩二世 Udayadityavarman II	14	1050~1066	巴肯山旁吴哥城 Angkor Thom	巴芳寺 （Baphuon）
苏 利 耶 跋 摩 二 世 Suryavarman II	18	1113~1150		吴哥寺 （Angkor Wat）
阇 耶 跋 摩 七 世 Jayavarman VII	22	1181~1219		从印度教信仰改为大乘佛教信仰 击败占婆族，国势达于巅峰 为吴哥城做最后修整，"高棉的微笑"闻名于世 母庙塔普伦寺 （Ta Prohm），1186 父庙卜力坎寺 （Preah Khan），1191 巴扬寺 （Bayon） 涅槃宫 （Neak Pean）
因 陀 罗 跋 摩 三 世 Indravarman III	25	1295~1308		1296年，中国元朝特使周达观造访，停留一年，写下《真腊风土记》

附录
2

《真腊风土记》
——周达观

总叙

真腊国或称占腊，其国自称曰甘字智。今圣朝按西番经，名其曰澉浦只，盖亦甘字智之近音也。

自温州开洋，行丁未针，历闽、广海外诸州港口，过七洲洋，经交趾洋，到占城。又自占城顺风可半月到真蒲，乃其境也。又自真蒲行坤申针，过昆仑洋，入港。港凡数十，惟第四港可入。其余悉以沙浅故，不通巨舟。然而弥望皆修藤古木，黄沙白苇，仓促未易辨认，故舟人以寻港为难事。自港口西北行，顺水可半月，抵其地曰查南，乃其属郡也。又自查南换小舟，顺水可十余日，过半路村、佛村、渡淡洋，可抵其地曰"干傍"，取城五十里。

按诸番志称其地广七千里，其国北抵占城半月路，西北距暹半月程，南距番禺十日程，其东则大海也。旧为通商往来之国。圣朝诞膺天命，奄有四海。唆都元帅之置省占城也，尝遣一虎符万户，一金牌千户，同到本国，竟为拘执不返。

元贞之乙未六月，圣天子遣使诏谕，俾余从行。以次年丙申二月离明州，二十日自温州港口开洋，三月十五日抵占城。中途逆风不利。秋七月始至，遂得臣服。至大德丁酉六月回舟，八月十二日抵四明泊岸。其风土国事之详，虽不能尽知，然其大略亦可见矣。

城郭

州城周围可二十里，有五门，门各两重，惟东向开二门，余向皆一门。城之外巨濠，濠之上通衢大道，桥之两旁各有石神五十四枚，如石将军之状，甚巨而狞，五门皆相似。桥之栏皆石为之，凿为蛇形，蛇皆七头，五十四神皆以手拔蛇，有不容其走逸之势。

城门之上有大石佛头三，面向四方，中置其一，饰之以金。门之两旁，凿石为象形。城皆叠石为之，高可二丈，石甚周密坚固，且不生繁草，却无女墙。城之上，间或种桄榔木，比比皆空屋；其内向为坡子，厚可十余丈，坡上皆有大门，夜闭早开，亦有监门者。惟狗不许入门，曾受斩趾刑人亦不许入门。

其城甚方整，四方各有石塔一座。当国之中，有金塔一座，旁有石塔二十余座，石屋百余间。东向有金桥一所，金狮子二枚，列于桥之左右；金佛八身，列于石屋之下。金塔之北可一里许，有铜塔一座，比金塔更高，望之郁然，其下亦有石屋十数间。又其北一里许，则国主之庐也，其寝室又有金塔一座焉。所以舶商自来有富贵真腊之褒者，想为此也。

石塔在南门外半里余，俗传鲁班一夜造成。鲁班墓在南门外一里许，周围可十里，石屋数百间。东池在城东十里，周围可百里，中有石塔石屋。塔之中有卧铜佛一身，脐中常有水流出。北池在城北五里，中有金方塔一座，石屋数间，金狮子、金佛、铜象、铜牛、铜马之属皆有之。

宫室

国宫及官舍府第皆面东。国宫在金塔金桥之北，近北门，周围可五六里。其正室之瓦，以铅为之；余皆土瓦，黄色。梁柱甚巨，皆雕画佛形。屋颇壮观，修廊复道，突兀参差，稍有规模。其莅事处有金窗棂，左右方柱上有镜数枚，列放于窗之旁；其下为象形。

闻内中多有奇处，防禁甚严，不可得而见也。其内中金塔，国主夜则卧其下。土人皆谓塔之中有九头蛇精，乃一国之土地主也，系女身，每夜则见；国主则先与之同寝交媾，虽其妻亦不敢入。二鼓乃出，方可与妻妾同睡。若此精一夜不见，则番王死期至矣，若番王一夜不往，则必获灾祸。

其次如国戚大臣等屋，制度广袤，与常人家迥别：周围皆用草盖，独家庙及正寝二处许用瓦，亦各随其官之等级，以为屋室广狭之制。其下如百姓之家，只用草盖，瓦片不敢上屋，其广狭虽随家之贫富，然终不敢效府第制度也。

服饰

自国主以下，男女皆椎髻袒裼，只以布围腰。出入则加以大布一条，缠于小布之上。布甚有等级，国主所打之布，有值金三四两者，极其华丽精美。其国中虽自织布，暹及占城皆有来者，往往以来自西洋者为上，以其精巧而细样故也。

惟国主可打纯花布，头戴金冠子，如金刚头上所戴者。或有时不戴冠，但以线穿香花，如茉莉之类，周匝于髻间。项上戴大珠牌三五片；手足及诸指上皆戴金镯指展，上皆嵌猫儿眼睛石。其下跣足，足下及手掌皆以红药染赤色。出则手持金剑。

百姓间惟妇女可染手足掌，男子不敢也。大臣国戚可打疏花布。惟官人可打两头花布；百姓间惟妇人可打之。新唐人虽打两头花布，人亦不敢罪之，以其"暗丁八杀"故也。"暗丁八杀"者，不识体例也。

官属

国中亦有丞相、将帅、司天等官，其下各设司吏之属，但名称不同耳。大抵皆国戚为之，亦纳女为嫔。

其出入仪从，亦有等级：用金轿杠、四金伞柄者为上，金轿杠、二金伞柄者次之，金轿杠、一金伞柄者又次之，只用一金伞柄者又其次也。其下者只用一银伞柄而已，亦有用银轿杠者。金伞柄以上官皆呼为"巴丁"，或呼"暗丁"。银伞柄者呼为"厮辣的"。伞皆用中国红绢为之，其裙直拖地。油伞皆以绿绢为之，裙却短。

三教

为儒者呼为"班诘"，为僧者呼为"苎姑"，为道者呼为"八思惟"。

"班诘"不知其所祖，亦无所谓学舍讲习之处，亦难究其所读何书，但见其如常人打布之外，于项上挂白线一条，以此别其为儒耳。由"班诘"入仕者，则为高上之人，项上之线，终身不去。

"苧姑"削发穿黄，偏袒右肩，其下则系黄布裙，跣足。寺亦许用瓦盖，中只有一像，正如释迦佛之状，呼为"孛赖"，穿红，塑以泥，饰以丹青，外此别无像也。塔中之佛，相貌又别；皆以铜铸成，无钟鼓铙钹与幢幡宝盖之类。僧皆茹鱼肉，惟不饮酒。供佛亦用鱼肉，每日一斋，皆取办于斋主之家，寺中不设厨灶。所诵之经甚多，皆以贝叶叠成，极其齐整，于上写黑字，既不用笔墨，但不知其以何物书写。僧亦用金银轿杠伞柄者，国主有大政亦咨访之，却无尼姑。

"八思惟"正如常人，打布之外，但于头上戴一红布或白布，如靼靼娘子罟姑之状而略低。亦有宫观，但比之寺院较狭。而道教者亦不如僧教之盛耳。所供无别像，但只一块石，如中国社稷坛中之石耳，亦不知其何所祖也。却有女道士。宫观亦得用瓦。"八思惟"不食他人之食，亦不令人见食，亦不饮酒；不曾见其诵经及与人功果之事。

俗之小儿入学者，皆先就僧家教习，暨长而还俗，其详莫能考也。

人物

人但知蛮俗人物粗丑而甚黑，殊不知居于海岛村僻及寻常闾巷间者，则信然矣；至如宫人及南棚妇女，多有其白如玉者，盖以不见天日之光故也。大抵一布经腰之外，不以男女，皆露出胸酥，椎髻跣足；虽国主之妻，亦只如此。

国主凡有五妻：正室一人，四方四人；其下嫔婢之属，闻有三五千，亦自分等级，未尝轻出户。余每一入内，见番主必与正妻同出，乃坐正室金窗中，诸宫人皆次第列于两廊窗下，徙倚窥视，余备获一见。

凡人家有女美貌者，必召入内。其下供内中出入之役者呼为"陈家兰"，亦不下一二千，却皆有丈夫，与民间杂处，只于顶门之前削去其发，如北人开水道之状，涂以银朱，及涂于两鬓之旁，以此为"陈家兰"别耳。惟此妇可以入内，其下余人不可得而入也；内宫之前，多有络绎于道途间。寻常妇女，椎髻之外，别无钗梳头面之饰；但臂中戴金镯，指中戴金指展，且"陈家兰"及内中诸宫人皆用之。男女身上常涂香药，以檀、麝等香合成。

家家皆修佛事。国中多有二形人，每日以十数成群，行于墟场间；常有招徕唐人之意，反有厚馈，可丑可恶。

产妇

番妇产后，即作热饭，拌之以盐，纳于阴户，凡一昼夜而除之，以此产中无病，且收敛常如室女。余初闻而诧之，深疑其不然；既而所泊之家有女育子，备知其事，且次日即抱婴儿同往河内澡洗，尤所怪见。又每见人言番妇多淫，产后一两日即与夫合；若丈夫不中所欲，即有买臣见弃之事。若丈夫适有远役，只可数夜，过十数夜，其妇必曰："我非是鬼，如何孤眠？"淫荡之心尤切。然亦闻有守志者。妇女最易老，盖其婚嫁产育既早，二三十岁人已如中国四五十岁人矣。

室女

人家养女，其父母必祝之曰："愿汝有人要，将来嫁千百个丈夫。"富室之女，自七岁至九岁；至贫之家，则止于十一岁，必命僧道去其童身，名曰"阵毯"。盖官司每岁于中国四月内择一日颁行本国，应有养女当"阵毯"之家，先行申报官司，官司先给巨烛一条，烛间刻画一处，约是夜遇昏点烛，至刻画处，则为"阵毯"时候矣。

先期一月，或半月，或十日，父母必择一僧或一道；随其何处寺观，往往亦自有主顾。向上好僧，皆为官户富室所先，贫者亦不暇择也。官富之家，馈以酒、米、布帛、槟榔、银器之类，至有一百担者，值中国白金二三百两之物，少者或三四十担，或一二十担，随其家之丰俭。所以贫人家至于十一岁始行事者，为难办此物耳。亦有舍钱与贫女"阵毯"者，谓之做好事；盖一岁中一僧只可御一女，僧既允受，更不他许。

是夜，其家大设饮食鼓乐，会亲邻；门外缚一高棚，装塑泥人泥兽之属于其上，或十余，或只三四枚，贫家则无之，各按故事，凡七日而始撒。既昏，以轿伞鼓乐迎此僧而归；以彩帛结二亭子，一则坐女于其中，一则僧坐其中，不晓其口说何语。鼓乐之声喧阗，是夜不禁犯夜。闻至期与女俱入房，亲以手去其童，纳之酒中，或谓父母亲邻各点于额上，或谓俱尝以口；或谓僧与女交媾之事，或谓无此，但不容唐人见之，所以莫知其的。至天将明时，则又以轿伞鼓乐送僧去。后当以布帛之类与僧赎身，否则此女终为此僧所有，不可得而他适也。余所见者，大德丁酉之四月初六夜也。

前此，父母必与女同寝；此后则斥于房外，任其所之，无复拘束提防之矣。至若嫁娶，则虽有纳币之礼，不过苟简从事；多有先奸而后娶者，其风俗既不以为耻，亦不以为怪也。"阵毯"之夜，一巷中或至十余家；城中迎僧道者交错于途路间，鼓乐之声，无处无之。

奴婢

人家奴婢，皆买野人以充其役，多者百余，少者亦有一二十枚；除至贫之家则无之。盖野人者，山野中之人也；自有种类，俗呼为"撞"贼，到城中亦不敢出入人之家。城间人相骂者，一呼之为"撞"，则恨入骨髓，其见轻于人如此。少壮者一枚可值百布，老弱者只三四十布可得。只许于楼下坐卧；若执役方许登楼，亦必跪膝合掌顶礼，而后敢进。

呼主人为"巴驼"，主母为"米"。"巴驼"者，父也；"米"者，母也。若有过挞之，则俯首受杖，略不敢动。其牝牡自相配偶，主人终无与之交接之理。或唐人到彼久旷者不择，一与之接，主人闻之，次日不肯与同坐，以其曾与野人接故也。或与外人交，至于有妊养子，主人亦不诘问其所从来，盖以其所不齿，且利其得子，仍可为异日奴婢也。或有逃者，擒而复得，必于面刺以青；或于项下戴铁锁以锢之，亦有戴于双腿间者。

语言

228

国中语言自成，音声虽近，而占城、暹人皆不通话说。如以一为"梅"，二为"别"，三为"卑"，四为"般"，五为"孛蓝"，六为"孛蓝梅"，七为"孛蓝别"，八为"孛蓝卑"，九为"孛蓝般"，十为"答"。呼父为"巴驼"，叔伯亦呼为"巴驼"。呼母为"米"，姑姨婶姆，以至邻人之尊年者，亦呼为"米"。呼兄为"邦"，姊亦呼为"邦"；呼弟为"补温"，妹亦呼为"补温"。呼舅为"吃赖"，姑夫、姊夫、姨夫、妹夫亦呼为"吃赖"。

大抵多以下字在上，如言此人乃张三之弟，则曰"补温"张三；彼人乃李四之舅，则曰"吃赖"李四。又如呼中国为"备世"，呼官人为"巴丁"，呼秀才为"班诘"；乃呼中国之官人不曰"备世巴丁"，而曰"巴丁备世"；呼中国之秀才不曰"备世班诘"，而曰"班诘备世"。大抵如此，此其大略耳。

至若官府则有官府之议论，秀才则有秀才之文谈，僧道自有僧道之语说；城市村落，言语各自不同，亦与中国无异也。

野人

野人有二种：有一等通往来话言之野人，乃卖与城间为奴之类是也；有一等不属教化、不通言话之野人，此辈皆无家可居，但领其家属巡行于山头，戴一瓦盆而走。遇有野兽，以弧矢标枪射而得之，乃击火于石，共烹食而去。其性甚狠，其药甚毒；同党中人常自相杀戮。近地亦有种豆蔻、木棉花，织布为业者；布甚粗厚，花纹甚别。

文字

寻常文字及官府文书，皆以麂鹿皮等物染黑，随其大小阔狭，以意裁之。用一等粉，如中国白垩之类，搓为小条子，其名为"梭"，拈于手中，就皮画以成字，永不脱落；用毕则插于耳之上。字迹亦可辨认为何人书写，须以湿物揩拭方去。大率字样正似回鹘字；凡文书皆自后书向前，却不自上书下也。余闻之也先海牙云，其字母音声，正与蒙古音声相类，但所不同者，三两字耳。初无印信；人家告状，亦有书铺书写。

正塑时序

每用中国十月为正月。是月也，名为"佳得"，当国宫之前，缚一大棚，上可容千余人，尽挂灯球花朵之属。其对岸远离三十丈地，则以木接续，缚成高棚，如造塔样竿之状，可高二十余丈。每夜设三四座，或五六座，装烟火爆仗于其上；此皆诸属郡及诸府第认直。遇夜则请国主出观点放烟火爆仗，烟火虽百里之外皆见之。爆仗其大如炮，声震一城。其官属贵戚，每人分以巨烛槟榔，所费甚夥。国主亦请奉使观焉。如是者半月而后止。

每一月必有一事，如四月则抛球，九月则"压猎"。"压猎"者，聚一国之象，皆来城中，教阅于国宫之前。五月则迎佛水：聚一国远近之佛，皆送水与国主洗身，陆地行舟，国主登楼以观。七月则烧稻：其时新稻已熟，迎于南门外，烧之以供佛。妇女车象，往观者无数，国主却不出。八月则"挨蓝"，"挨蓝"者，舞也；点差伎乐，每日就国宫内"挨蓝"，且斗猪斗象；国主亦请奉使观焉，如是者一旬。其余月份，不能详记也。

国人亦有通天文者，日月薄蚀，皆能推算，但是大小尽却与中国不同。中国闰岁，则彼亦必置闰，但只闰九月，殊不可晓。一夜只分四更，每七日一轮，亦如中国所谓"开闭建除"之类。

番人既无名姓，亦不记生日，多有以所生日头为名者。有两日最吉，三日平平，四日最凶；何日可出东方，何日可出西方，虽妇女皆能算之。十二生肖亦与中国同，但所呼之名异耳。如呼马为"卜赛"，呼鸡为"蛮"，呼猪为"直卢"，呼牛为"个"之类。

争讼

民间争讼，虽小事亦必上闻国主。初无笞杖之责，但闻罚金而已。其人大逆重事，亦无绞斩之事；只于城西门外掘地成坑，纳罪人于内，实以土石，坚筑而罢。其次有斩手足指者，有去鼻者；但奸与赌无禁。奸妇之夫或知之，则以两柴绞奸夫之足，痛不可忍。竭其资而与之，方可获免。然装局欺骗者亦有之。或有死于门首者，则自用绳拖至城外野地，初无所谓体究检验之事。人家获盗，亦可自施监禁烤掠之刑，却有二项可取，且如人家失物，疑此人为盗不肯招认，遂以锅煎油极热，令此人伸手于其中，若果偷物，则手腐烂，否则皮肉如故。云番人有法如此。

又，两家争讼，莫辨曲直；国宫之对岸有小石塔十二座，令二人各坐一塔中，其外，两家自以亲属互相提防。或坐一二日，或三四日，其无理者必获症候而出：或身上生疮疖，或咳嗽发热之类，有理者略无纤事。以此剖判曲直，谓之"天狱"，盖其土地之灵有如此也。

病癫

国人寻常有病，多是入水浸浴及频频洗头，便自痊可。然多病癫者，比比道途间；土人虽与之同卧同食亦不较。或谓彼中风土有此疾，又云曾有国主患此疾，故人不之嫌。以愚意观之，往往好色之余，便入水澡洗，故成此疾；闻土人色欲才毕，男女皆入水澡洗，其患痢者十死八九。亦有货药于市者，与中国之药不类，不知其为何物。更有一等师巫之属，与人行持，尤为可笑。

死亡

人死无棺，只以苫席之类，盖之以布。其出丧也，前亦用旗帜鼓乐之属；又以两柈炒米，绕路抛散。抬至城外僻远无人之地，弃掷而去。俟有鹰犬畜类来食，顷刻而尽，则谓父母有福，故获此报。若不食，或食而不尽，反谓父母有罪而至此。今亦渐有焚者，往往皆唐人之遗种也。父母死，别无服制，男子则髡其发，女子则于顶门剪发似钱大，以此为孝耳。国主乃有塔葬埋，但不如葬身与葬骨耳。

耕种

大抵一岁中可三四番收种，盖四时常如五六月天，且不识霜雪故也。其地半年有雨，半年绝无。自四月至九月，每日下雨，午后方止。淡水洋中水痕高可七八丈，巨树尽没，仅留一杪耳；人家滨水而居者皆移入山后。十月至三月，点雨绝无；洋中仅可通小舟，深处不过三五尺；人家又复移下。耕种者扣至何时稻熟，是时水可淹至何处，随其地而播种之。耕不用牛；耒耜镰锄之器，虽稍相类，而制自不同。然水旁又有一等野田，不种而常生稻，水高至一丈，而稻亦与之俱高，想别一种也。

但畲田及种蔬皆不用秽，嫌其不洁也。唐人到彼，皆不与之言及中国粪壅之事，恐为所鄙。每三两家共掘地为一坑，盖之以草，满则填之，又别掘地。凡登溷既毕，必入池洗净。凡洗净只用左手，右手留以拿饭。见唐人登厕用纸揩拭者皆笑之，甚至不欲其登门。妇女亦有立而溺者，可笑可笑。

山川

自入真蒲以来，率多平林丛木，长江巨港，绵亘数百里。古树修藤，森阴蒙翳。禽兽之声，杳杂其间。至半港而始见有旷田，绝无寸木，弥望茫茫，禾黍而已；野牛以千百成群，聚于此地。又有竹坡，亦绵亘数百里；其竹节间生刺，笋味至苦。四畔皆有高山。

出产

山多异木；无木处乃犀象屯聚养育之地。珍禽奇兽，不计其数。细色有翠毛、象牙、犀角、黄腊；粗色有降真、豆蔻、画黄、紫梗、大风油子。

翡翠，其得也颇难。盖丛林中有池，池中有鱼；翡翠自林中飞出求鱼，番人以树叶蔽身而坐水滨，笼一雌以诱之，手持小网，伺其来，则罩之。有一日获三五只，有终日全不得者。象牙则山僻人家有之。每一象死，方有二牙；旧传谓每岁一换牙者，非也。其牙以标而杀之者为上，自死而随时为人所取者次之，死于山中多年者，斯为下矣。黄腊，出于村落朽树间其一种细腰蜂如蝼蚁者，番人取而得之，每一村可收二三千块。每块大者重三四十斤，小者亦不下十八九斤。犀角，白而带花者为上，黑而无花者为下。降真生丛林中，番人颇费砍斫之劳，盖此乃树之心耳，其外白木可厚八九寸，小者亦不下四五寸。豆蔻皆野人山上所种。画黄乃一等树间之脂，番人预先一年以刀斫树，滴沥其脂，至次年而始收。紫梗生于一等树枝间，正如桑寄生之状，亦颇难得。大风油子乃大树之子，状如椰子而圆，中有子数十枚。胡椒间亦有之，缠藤而生，累累如绿草子；其生而青者更辣。

贸易

国中卖买，皆妇人能之。所以唐人到彼，必先纳一妇者，兼亦利其能卖买故也。每日一墟，自卯至午即罢。无居铺，但以蓬席之类铺于地间，各有常处。闻亦纳官司赁地钱，小交关则用米谷及唐货，次则用布；若乃大交关，则用金银矣。往年土人最朴，见唐人颇加敬畏，呼之为佛，见则伏地顶礼。近亦有脱骗欺负唐人者矣，由去人之多故也。

欲得唐货

其地想不出金银，以唐人金银为第一，五色轻缣帛次之。其次如真州之锡镴，温州之漆盘，泉、处之青瓷器，及水银、银朱、纸札、硫黄、焰硝、檀香、草芎、白芷、麝香、麻布、黄草布、雨伞、铁锅、铜盘、水珠、桐油、篦箕、木梳、针；其粗重则如明州之席。甚欲得者，则菽麦也，然不可将去耳。

草木

惟石榴、甘蔗、荷花、莲藕、羊桃、蕉芋与中国同；荔枝、橘子，状虽同而味酸，其余皆中国所未曾见。树木亦甚各别，草花更多，且香而艳。水中之花，更有多品，皆不知其名。至若桃、李、杏、梅、松、柏、杉、桧、梨、枣、杨、柳、桂、兰、菊、芷之类，皆所无也。正月亦有荷花。

飞鸟

禽有孔雀、翡翠、鹦哥，乃中国所无。余如鹰、鸦、鹭鸶、雀儿、鸬鹚、鹳、鹤、野鸭、黄雀等物皆有之。所无者：喜鹊、鸿雁、黄莺、杜宇、燕、鸽之属。

走兽

兽有犀、象、野牛、山马，乃中国所无者，其余如虎、豹、熊、黑、野猪、麋、鹿、獐、麂、猿、狐之类甚多。所不见者：狮子、猩猩、骆驼耳。鸡、鸭、牛、马、猪、羊，所不在论也。马甚矮小；牛甚多，生不敢骑，死不敢食，亦不敢剥其皮，听其腐烂而已，以其与人出力故也，但以驾车耳。在先无鹅，近有舟人自中国携去，故得其种。鼠有大如猫者。又有一等鼠，头脑绝类新生小狗儿。

蔬菜

蔬菜有葱、芥、韭、茄瓜、西瓜、冬瓜、王瓜、苋菜，所无者萝卜、生菜、苦荬、菠薐之类。瓜、茄正月间即有之，茄树有经年不除者。木棉花树高可过屋，有十余年不换者。不识名之菜甚多，水中之菜亦多种。

鱼龙

鱼鳖惟黑鲤鱼有多，其他如鲤、鲫、草鱼亦多，有吐哺鱼，大者重二斤以上。更有不识名之鱼甚多，此皆淡水洋中所来者。至若海中之鱼，色色有之。鳝鱼、湖鳗、田鸡，土人不食，入夜则纵横道途间。鼋鼍大如合苎，虽六藏之龟，亦充食用。查南之虾，重一斤以上。真蒲龟脚可长八九寸许。鳄鱼大者如船，有四脚，绝类龙，特无角耳，肚甚脆美。蛤、蚬、蛳螺之属，淡水中可捧而得。独不见蟹，想亦有之，而人不食耳。

酝酿

酒有四等：第一等唐人呼为蜜糖酒，用药曲，以蜜及水中半为之；其次者土人呼为"朋牙四"，以树叶为之——"朋牙四"者，乃一等树叶之名也；又其次，以米或以剩饭为之，名曰"包棱角"——盖"包棱角"者，米也；其下有糖鉴酒，以糖为之。又，入港滨水人家有茭浆酒，盖有一等茭叶生于水滨，其浆可以酿酒。

盐糖
酱面

醯物国中无禁，自真蒲、巴涧滨海等处率皆烧卤为之。山间更有一等石，味胜于盐，可琢以成器。土人不能为醋，羹中欲酸，则着以"咸平"树叶；树既生荚，则用荚；既生子，则用子。亦不识合酱，为无麦与豆故也。亦不曾造曲，盖以蜜水及树叶酿酒，所用者酒药耳，亦如乡间白酒药之状。

蚕桑

土人皆不事蚕桑，妇人亦不晓针线缝补之事，仅能织木棉布而已，亦不能纺，但以手理成条。无机杼以织，但以一头缚腰，一头搭窗上；梭亦只用一竹管。近年暹人来居，却以蚕桑为业；桑种蚕种皆自暹中来。亦无麻苎，惟有络麻，暹妇却以丝自织皂绫衣着。暹妇却能缝补，土人打布损破，皆请其补之。

器用

寻常人家，房舍之外，别无桌凳盂桶之类，但作饭则用一瓦釜，作羹则用一瓦铫，就地埋三石为灶，以椰子壳为勺。盛饭用中国瓦盘或铜盘，羹则用树叶造一小碗，虽盛汁亦不漏。又以荚叶制一小勺，用兜汁入口，用毕则弃之，虽祭祀神佛亦然。又以一锡器或瓦器盛水于旁，用以蘸手；盖饭只用手拿，其粘于手者，非此水不能去也。饮酒则用镴器，可盛三四盏许，其名为"蛤"。盛酒则用镴注子，贫人则用瓦钵子。若府第富室，则一一用银，至有用金者。国主处多用金器，制度形状又别。

地下所铺者，明州之草席，或有铺虎豹麂鹿等皮及藤簟者，近新置矮桌，高尺许。睡只竹席，卧于板，近又用矮床者，往往皆唐人制作也。食品用布罩，夜多蚊子，亦用布罩，国主内中以销金缣帛为之，皆舶商所馈也。稻子不用砻磨，但用杵臼耳。

车轿

轿之制，以一木屈其中，两头竖起，雕刻花样，以金银裹之，所谓"金银轿杠"者此也。每头三尺之内钉一钩子，以大布一条厚折，用绳系于两头钩中，人坐于布内，以两人抬之。轿外又加一物，如船篷而更阔，饰以五色缣帛，四人扛之，随轿而走。若远行，亦有骑象骑马者，亦有用车者。车之制，却与他地一般。马无鞍，象却有凳可坐。

舟楫

巨舟以硬树破板为之，匠者无锯，但以斧凿之，开成板，既费木，且费工，甚拙也。凡要木成段，亦只以凿凿断。起屋亦然。船亦用铁钉，上以茭叶盖覆，却以槟榔木破片压之。此船名为"新拿"，用棹。所粘之油，鱼油也。所和之灰，石灰也。小舟却以一巨木凿成槽，以火熏软，用木撑开，腹大两头尖，无篷，可载数人，止以棹划之，名为"皮兰"。

属郡

属郡凡十余，曰真蒲，曰查南，曰巴涧，曰莫良，曰八薛，曰蒲买，曰雉棍，曰木津波，曰赖敢坑，曰八厮里，其余不能悉记；各置官署，皆以木排栅为城。

村落

每一村，或有寺，或有塔；人家稍密，亦自有镇守之官，名为"买节"。大路上自有歇脚去处，如邮亭之类，其名为"森木"。近与暹人交兵，遂皆成旷地。

取胆

前此于八月内取胆，盖占城主每年来索人胆一瓮，可十余枚。遇夜，则多方令人于城中及村落去处，遇有夜行者，以绳兜住其头，用小刀于右胁下取去其胆，俟数足，以馈占城主。独不取唐人之胆，盖因一年取唐人一胆杂于其中，遂致瓮中之胆俱臭腐而不可用故也。近年已除取胆之事，另置取胆官署，居北门之里。

异事

东门之里，有蛮人淫其妹者，皮肉相粘不开，历三日不食而俱死。余乡人薛氏居番三十五年矣，渠谓两见此事。盖其用圣佛之灵，所以如此。

澡浴

地苦炎热，每日非数次澡洗则不可过，入夜亦不免一二次。初无浴室盂桶之类，但每家须有一池；否则亦两三家合一池。不分男女，皆裸形入池；惟父母尊年者在池，则子女卑幼不敢入；或卑幼先在池，则尊长亦回避之。如行辈，则无拘也，但以左手遮其牝门入水而已。或三四日，或五六日，城中妇女，三三五五，咸至城外河中漾洗。至河边，脱去所缠之布而入水。会聚于河者动以千数，虽府第妇女亦预焉，略不以为耻；自踵至顶，皆得而见之。城外大河，无日无之；唐人暇日，颇以此为游观之乐。闻亦有就水中偷期者。水常温如汤，惟五更则微凉，至日出则复温矣。

流寓

唐人之为水手者，利其国中不着衣裳；且米粮易求，妇女易得，屋室易办，器用易足，卖买易为，往往皆逃逸于彼。

军马

军马亦是裸体跣足，右手执标枪，左手执战牌，别无所谓弓箭、炮石、甲胄之属。传闻与暹人相攻，皆驱百姓使战，往往亦别无智略谋划。

国主出入

闻在先国主，辙迹未尝离户，盖亦防有不测之变也。新主乃故国主之婿，原以典兵为职；其妇翁殂，女密窃金剑以付其夫，以故亲子不得承袭。尝谋起兵，为新主所觉，斩其趾而安置于幽室。

新主身嵌圣铁，纵使刀箭之属，着体不能为害，恃此遂敢出户。余宿留岁余，见其出者四五。凡出时，诸军马拥其前，旗帜鼓乐踵其后；宫女三五百，花布花髻，手执巨烛，自成一队，虽白日亦照烛。又有宫女，皆执内中金银器皿及文饰之具，制度迥别，不知其何所用。又有宫女，执标枪标牌为内兵，又成一队。又有羊车、鹿车、马车，皆以金为饰。其诸臣僚国戚皆骑象在前，远望红凉伞，不计其数。又其次，则国主之妻及妾媵，或轿或车，或马或象，其销金凉伞何止百余。其后则是国主，立于象上，手持金剑，象之牙亦以金套之，打销金白凉伞凡二十余柄，伞柄皆金为之。其四围拥簇之象甚多，又有军马护之。若游近处，只用金轿子，皆以宫女抬之。大凡出入必迎小金塔金佛在其前，观者皆当跪地顶礼，名为"三罢"，不然则为貌事者所擒，不虚释也。

每日国主两次坐衙，治事亦无定文，凡诸臣与百姓之欲见国主者，皆列坐地上以俟；少顷闻内中隐隐有乐声，在外方吹螺以迎之。闻只用金车子，来处稍远，须臾见二宫女纤手卷帘，而国主已仗剑立于金窗之中矣。臣僚以下，皆合掌叩头，螺声绝，乃许抬头，国主特随亦就坐，坐处有狮子皮一领，乃传国之宝。言事既毕，国主寻即转身，二宫女复垂其帘，诸人各起。以此观之，则虽蛮貊之邦，未尝不知有君也。

四库全书
总目提要

真腊风土记一卷，元周达观撰。达观，温州人。真腊本南海中小国，为扶南之属，其后渐以强盛，自隋书始见于外国传。唐宋二史并皆记录，而朝贡不常至，故所载风土方物，往往疏略不备。元成宗元贞元年乙未，遣使招谕其国，达观随行，至大德元年丁酉乃归，首尾三年，谙悉其俗，因记所闻见为此书，凡四十则，文义颇为賅赡。惟第三十六则内记渎伦神谴一事，不以为天道之常，而归功于佛，则所见殊陋。然元史不立真腊传，得此而本末详具，犹可以补其佚阙，是固宜存备参订作职方之外纪者矣。达观作是书成，以示吾邱衍，衍为题诗，推挹甚至，见衍所作竹素山房诗集中，盖衍亦服其叙述之工云。

239

图书在版编目（CIP）数据

吴哥之美／蒋勋著. – 长沙：湖南美术出版社，2014.7
ISBN 978-7-5356-6877-6

Ⅰ.①吴… Ⅱ.①蒋… Ⅲ.①散文集 – 中国 – 当代
Ⅳ.①I267

中国版本图书馆CIP数据核字（2014）第113393号

湖南省版权局著作权合同登记图字：18-2013-429号

上架建议：散文·游记

吴哥之美

WUGE ZHI MEI

作　　者：蒋　勋
出 版 人：黄　啸
策　　划：熊　英　黄　啸
版权引进：刘海珍
责任编辑：刘海珍
特约监制：于向勇
特约编辑：郭　群　王远哲　包　晗
营销编辑：刘晓晨　王　凤
责任校对：彭　慧
整体装帧：戴　宇
图片摄影：戴　宇
地图绘制：唐　颖
出版发行：湖南美术出版社
　　　　　（长沙市东二环一段622号）
经　　销：新华书店
印　　刷：北京中科印刷有限公司
开　　本：787mm×1092mm　1/16
印　　张：17.5
版　　次：2014年7月第1版
印　　次：2020年4月第35次印刷
书　　号：ISBN 978-7-5356-6877-6
定　　价：78.00元

质量监督电话：010-59096394　　团购电话：010-59320018